魚すいすい

連句を泳ぐ

鈴木美奈子著

詩的表現の美とは「言語の束縛のうちにおける、自然の自由な自己行為なのです。」

フリードリヒ・フォン・シラー『カリアス書簡』

俳諧を最高の遊びとして──はしがきに代えて──

「これが連句なの！」とびっくりした声をあげたのは、高校時代からの旧友でこの冊子の上梓を勧めてくれた児童文学者の日野さん。

その一句とは

月に歌ふライザミネリの紐育

十年前の9・11の一ケ月後につくりあげた連句「月に歌ふ」の巻の発句である。

事件の直後にニューヨークのアーティストたちが、ライザ・ミネリ主演の映画「ニューヨークニューヨーク」のこの主題曲を歌いながら、一個の長方体のように肩を組み合いデモンストレーションをしているのをテレビで見て、揺さぶられる感動とともに「あ、これだ！」と思った。猫蓑会を主宰された故東明雅師は「大変な時代になった。しかし、だからこそ風雅の道である。」ときっぱり言われた。今ふたたび3・11を経験した私たちへの師の教えは同じに違いない。

この発句、俳句の方からはいささか安易につくっていませんか、と言われそうだが、連句の発句は「これは何？」と連衆の関心をひくこと、脇句への窓がひらかれていること、これが時事の発句の場合は特に大切と私は思っている。そして連句で言われる「不易流行」の流行とは、時代を生き、時代に生き、時代と生きる心でとらえた事を言葉に発していくことであるのだと。

でも、連句では捌とか式目とかいうルールがあって窮屈ではないの？　という心配もあるかも知れない。しかし、ゲームには審判、規則がつきものなのと同じである。競い合いは刺激となり、式目はその縛りに障らないように句をひねり出す技を磨くという快感となっていくもの。式目といってもまず式目ありき、ではなく実際には連衆という数人のメンバーで構成する「座」での連句経験から自然と身につくようになっている。

連句式目のルーツを遡れば十四世紀。摂政関白の二条良基と地下《じげ》の連歌師・救済《きゅうぜい》によってつくられた連歌式目「応安新式」は、天・地・人に素材を分類して実によく考案されており、これに沿って一巻を巻き上げればそこに言葉による一つの世界を構築できる設計図のようなもの。そして「座」とは、身分や階級、貧富の差のない誰でもが参加できる共同体であった。世界にも稀な「座」による文芸が、中世より連綿として継承されてきたこと、これは驚嘆すべき我らが伝統文化の証でもある。

人間とは人の間のこと、個であって全でもある。「座」に座り、自であり他でもある関係のなかで、共同の文芸である連句をまく……こんな素晴しい遊戯がほかにあるだろうか？　自分が聞き手であって話し手でもある連句の句と句の間ほど面白い場はない。言うなれば、無限の可能性を秘めた自由な時間と空間の交叉する場所、そこで前句からひらめいたことに「付けて転じる」、これが連句のいのちである。こうして前へ前へと進む開けの構造のなかから、自分も他者もともに活かす和の文芸精神が耕されていく。

「連句する」とは「呼吸する」のと同じ、といつも思っている。日本人の古来からの歌うこころをベースに、共生による表現活動の「座」の魅力を私たちは大切にしていきたい。そしてパソコンを駆使する若い世代にぜひ伝えていきたい。ネット上のブログに開設される「座」もまた、古来からの「座」のしくみと精神が必ずや活かされると思うからである。

遊びをせんとや生《う》まれけむ
戯《たはぶ》れせんとや生《む》まれけむ

『梁塵秘抄』巻第二

目次

第一章

第二章

第三章

第一章

二十韻『曼陀羅華』の巻

両吟

はらからの年忌参りや曼陀羅華　式田　和子
　陽に柔ぎて緑蔭の貌《ばう》　鈴木美奈子
夕月に児等は氷菓を待ちぬらん　和
　返事のしるしこちら向く犬　奈
ウ
縫初の反物さらとひろげたり　和
　かるた恋句にぽっと桃色　奈
そんなこと言っていいのと俵万智　和
　造り酒屋を揺るがすは誰　奈
山々はブルドーザーの音響き　和

連句の旅へ

思潮社版の「現代詩文庫」で愛読していた詩人・安東次男が、芭蕉連句新釈と銘打って『風狂始末』を上梓したのは昭和61年夏。これをかなり真面目に勉強していると聞き及んでか、今は亡き和子義姉が「お酒と肴も出るわよ〜」の殺し文句で連句に誘い込んだのが62年11月、猫蓑会に所属する渋谷連句会であった。

　一日の会社勤務から人間を取り戻す貴重なふれあいの時間、そこで丁々発止と展開する連句の座に連なっているだけで愉しかった。それでも連句の面白さに目覚める重要なきっかけはやってくるもので、法事帰りの名古屋往復新幹

天空の鳶威銃《がん》を恐れず　奈
ナオ 機窓より月見下しぬ羽田沖　奈
土産に買ひし孵化の鈴虫　和
初めての外出なりし修道尼　奈
懐炉替りに抱いてぬくめる　和
ほだされてちょいのつもりが大火傷　奈
小板三寸板売りの香具師《やし》　和
ナウ 年経れば青春の日々くっきりと　奈
雪代やまめ影のきらめく　和
急流を綾なす花のアラベスク　奈
親子連弾フーガのどらか　和

平成元年七月八日　首尾　於　名古屋往復新幹線車中

線車中の4時間で巻いたこの両吟がその後の連句人生を決定づける一巻となった。

懐炉替りに抱いてぬくめる
ほだされてちょいのつもりが大火傷
小板三寸板売りの香具師

人生の機微に触れる小粋な感覚が和子宗匠の所謂「俗」の俳諧。俗は雅より難しいと言われる。おかたい優等生連句の上着を脱いだ記念の一巻であった。この作品と初めて捌をさせていただいた『大晦日』の巻が猫蓑作品集（創刊号）に収録され、いよいよ連句修行の旅が始まる。

◇第13回国民文化祭・おおいた98◇

土屋　実郎　特選

半歌仙『未来都市』の巻

鈴木美奈子　捌

かぎろひの海貫けり未来都市　鈴木美奈子
　ロータリーには喇叭水仙　池田やすこ
種選み有機農法取りいれて　松本　碧
　因数分解大好きな孫　奈
月光に息づくごとき石の面　や
　梁の隙間をよぎる蜻蛉　碧

ウ
笠鉾に続く龍《じゃ》踊り賑やかに　奈

国民文化祭の募吟に参加したのは平成7年からだったが、3年目はじめて特選に入る。聞くところによれば、各審査員の持ち点は特選（5点）3本、秀逸（3点）10本、以下入選（1点）なのだそうである。

湾岸都市を詠んだタイトルにふさわしく新しい世相やリストラやエルニーニョなどの素材、また恋句のわたりも変わった感じがよかったのかも。

新作歌劇徐福伝説　　や
備長炭・刀豆《なた》もあり長寿薬　　碧
活性化てふリストラの怪　　奈
ジャム一瓶尽きれば終はる同棲も　　や
まろき乳房に小骨のこれる　　碧
阿蘇山は釈迦の寝姿夏の月　　奈
またもてあます故郷《さと》からのほや　　や
世紀末かてて加へてエルニーニョ　　碧
閑吟集を旅のつれづれ　　奈
夢や現はらりすべらす花衣　　や
春の火鉢に二合半《こなから》の酒　　碧

平成十年三月八日　首尾　於　渋谷連句会

◇プレ国民文化祭・第4回岐阜県民文化祭　優秀賞◇

短歌行『醍醐の姥』の巻

鈴木美奈子　捌

逝く春を醍醐の姥と惜しみけり　　鈴木美奈子
　茶うけの盆に豆と菱餅　　豊田　好敏
裏山に虻よ帰れと窓開けて　　式田　恭子
　小遣ひをため買ひしバンダナ　　中川　凡
ウ
アイヌ語の母なる川を照らす月　　中村　ふみ
　手負ひの猪の荒き鼻息　　凡
秋の聲あらぬ噂に身の細り　　み
　廓ぬけして仇なご新造　　恭
贋札の透かしも色も巧妙に　　凡
　年令不詳パスポート持ち　　み

連句は本歌取りもOKに気をよくして出したこの発句、かなり大胆不敵！　しかし、連衆のベテランと若手の組合せが功を奏して初の受賞。いさんで岐阜市まで飛んで行ったものである。

20句のうち8句まで片仮名混じり、枝折りの花（ウ）も匂いの花（ナウ）も新しい感覚なのがよかったと思う。

花火師を自由の女神賞で賜ふ　敏
　冷やし酒澄む古伊万里の盃　み
ナオ　正眼に構へて時の止まる刻　敏
　ガリヤの民はカエサルのもの　奈
留守詣スピード違反免停に　み
　不倫は文化か冬の客室　恭
脱ぎっぷり売りが女優に通ひ婚　凡
　日傾きて納骨の寺　恭
新樽のべったら市へシャトルバス　敏
　残り蚊たゝく呼び込みの爺　凡
ナウ　相続の億万長者夢醒めて　み
　パソコン麻雀独りにんまり　奈
中継の花を選びてカメラマン　凡
　ふらこゝ揺れる日曜の午後　恭

平成十年四月十四日　首尾　於　渋谷連句会

平成十一年度第三回えひめ俵口連句全国大会
◇愛媛新聞社長賞◇

田中一火女　特選
守口津夜子　秀逸

歌仙『わりなき西瓜』の巻

鈴木美奈子　捌

自転車にわりなき西瓜もらひけり　百武　冬乃
　案山子も笑ふへのへのもへじ　古賀　一郎
伎楽面月の光に瞬きて　鈴木美奈子
　研修資料古地図持参し　山寄　一恵
球児等の汗の戦ひ気にしつつ　中野　昌子
　サマーバーゲン五時でお仕舞　恵

ウ

髪長き漁師口笛飄々と　乃
　都会帰りの細き下胴　恵
君の待つヒースの丘の丸太小屋　郎
　やぶれ硝子は板でつくろふ　乃
ご破算で願ひましたる頭取さん　郎
　石屋に並ぶ尊徳の像　恵
梟のスコラ問答月森々　昌
　銀絲の法衣手入れ丹念　恵
金地院特別公開友と行く　乃

芭蕉はたびたび「俳諧いまだ俵口をとかず」と口にしたと言われる。これにちなんで毎年、松山市で開催される「えひめ俵口連句全国大会」での受賞作品。

なんといっても発句が素晴らしい。この一巻は猫蓑会所属の土良の会スペシャルの合宿で巻いたものだが、この日の袋まわしでも冬乃さん、「夜長の灯つくしてレイテ戦記読む」なる高点句ありだった。

この名残の表は実によく転じていて面白いと自賛。おかげで5句続いた用言留めも気がつかなかった！　川柳系の人は用言留めを好み、俳句系は体言留めを好む傾向があるとか。この日の連衆のノリのよさはまさに抜群だった。

コンビニ弁当スペシャルが売れ　昌

ナオ

車椅子一人息子の押す花見　郎
　弥生の富士を借景に撮る　奈
凧合戦威風堂々和藤内　恵
　勘亭流にて大々叶ふ　郎
惜しみつつロマネコンティのコルク抜き　郎
　モーツァルトは赤いベストで　奈
扇風機首振り真似る赤ん坊　昌
　露台の端に育つ香草　乃
ジェンダーに甲論乙駁果てしなく　乃
　忍のヒラリービルを操る　昌
お前より美人がゐると言ふ鏡　恵
　閨のおかめにまたも召されて　奈
月を抱く痴れたピエロの泣き笑ひ　恵
　茄子の馬の少ししわしわ　乃

ナウ

冬を待つ入歯さっぱりつくり替へ　乃
　相手ほしやと碁石ならべる　恵
新宗派ホームページでビジュアル化　郎
　見知らぬ店のＤＭが来る　乃
花の杜おゝむらさきの棲める里　奈
　夢の母上姫雛に似て　昌

平成十年八月二十二日　首尾　於　国立教育婦人会館

荒木田守武没後四五〇年記念連句大会
◇三重県連句協会賞◇

土屋　実郎　選
前田圭衛子　選

歌仙『ふり上げし鎌』の巻

鈴木美奈子　捌

凩の行きどころなし金曜日　松本　碧
　枯蟷螂のふり上げし鎌　鈴木美奈子
棟梁の指図きびきび無駄なくて　池田やすこ
　サーブ決まればあがる歓声　こ
草競馬双眼鏡に昼の月　碧
　母がつくりしまかりの鮨　こ
ウ
秋簾よぎれる影の誰ならむ　こ
　束ねし髪をばっさりと切り　奈
恋に果つ少年の名はテロリスト　碧
　オシアンの古歌刻むレリーフ　奈
海鳥は水平飛行沖めざし　こ
　帆船に夢のせる還暦　碧
バナナ剥き頬ばれば月ゆうらりと　奈
　かはたれ時の涼み浄瑠璃　こ
番頭が売掛台帳持ってくる　碧

　俳祖荒木田守武は「俳諧の連歌」（現在の連句）の基本的な約束ごとを定めたことで俳祖と称され、また代々伊勢神宮の神職の家柄であったので、記念大会は伊勢市で行われた。

　『思ひ草』の巻で伊勢市長賞の碧さんともども伊勢神宮にお詣りして受賞式に出席。長い歌仙形式ながら、応募は一一五巻ということで、連句も次第に盛んになってきた。

　この巻、連衆それぞれの個性とこだわりがよく句に表れているが、特に初折裏（ウ）の流れがいいのではないかと思う。

　幸福なりし銀行ご破産　奈
酒席ぬけ一服つける花朧　こ
　大念仏に蛙和したり　碧
ナオ
鬼ごっこ鬼になる子の暮れかぬる　奈
　ジョーカー引いてとぼけたる顔　こ
足まかせ杖にまかせて曲阜まで　碧
　湯呑茶碗に躍る魚偏　奈
願事をかけたきときに神は留守　こ
　燃えさし同志足袋脱いで燃え　碧
ユトリロは娼婦シュザンヌ母として　奈
　伝言板を読むが愉しみ　こ
この電話傍受されては困るよね　碧
　夜逃げの相談つゝぬけの壁　こ
月の外捨つるものなし乞食僧　碧
　十八豇豆《ささげ》実る相模野　奈
ナウ
隠し湯は紅葉天麩羅にごり酒　碧
　尿道結石いつか流るる　こ
とび入りのOBグリーを盛りあげて　奈
　放送大学卒業の春　こ
石舞台馬子現るゝか花明り　碧
　天上地上囀りの満つ　奈
　　平成十年十二月十三日首・十一年四月二十日　尾

◇第十四回国民文化祭岐阜市実行委員会会長賞◇

矢崎　藍　特選
大野　鵠士　秀逸

短歌行『田子の浦とは』の巻

鈴木美奈子　捌

初旅や田子の浦とは絵のやうな　鈴木美奈子
　うちいでて聞く歌留多読む声　古賀　一郎
新しきゲーム機に皆群がりて　竹田登代子
　ポップコーンのポンとはじける　佐々木有子
ウ
橋に来てゆき先変はる後の月　山本千代子
　秋の袷の着なれない袖　リッキー・ウオン
紅葉折る腕の白きにくらくらす　登
　年増キラーの僕って可愛ゆい　有
日の当たる岩に百足虫の逃げてゆく　リ

前年のプレ国民文化祭での受賞に続き岐阜の本大会での受賞となった。

岐阜（美濃）は芭蕉十哲の各務支考、広瀬惟然の出身地であり、大垣には芭蕉の友人、谷木因がいるなど古くより俳諧の地。今回、岐阜での大会とあって支考の考案による短歌行（24句で二花二月）の普及もめざしての試みに七二六巻の応募があったという。

この巻は全体に明るく、伸び伸びとして大いに盛り上がった座の雰囲気が感じられるのではないだろうか。月の句は月の位置が二句ともに下にきてしまったが、どちらも変った月で面白いつくりになっていると思う。

鯰お好きな髭の宮様　郎
手花火を鞄につめてバンコック　代
　時計の針の少し狂ひて　有
ナオ　放哉の墓に供ふる茶碗酒　登
　通奏低音胸にしみ入る　奈
風紋の幾何学模様移ろへり　郎
　冬の夜話アラジンの月　登
姫盗む神の留守なら恐れずに　代
　ＭＲ＆ＭＲＳと宿帳　郎
掃除機は抜け毛とごみを吸ひこんで　リ
　ここの鼠は肝肥大とか　郎
ナウ　毒薬をネットで回す世紀末　有
　山笑ふとて九十九越えたり　代
普陀落の夢は茜の花筏　奈
　鳥しきり鳴く春の曙　リ

平成十一年一月十六日　首尾　於　神楽坂連句会

◇第14回国民文化祭・ぎふ99◇

短歌行『宙天に青』の巻

矢崎　藍　秀逸

鈴木美奈子　捌

宙天に青溢れゆき春立ちぬ　鈴木美奈子
　川遡り奔る公魚　中田あかり
香の高き甘橙を掌の中に　城　依子
　テレビにも飽く留守番の子ら　り
ウ
隣りより音の外れたピアノ曲　依
　狐夫人に拐はかされて　奈
月冴ゆる噛まれし小指疼きつゝ　依
　オンザロックの琥珀揺れ揺れ　り
ポンペイの遺跡に水道下水あり　奈
　円形劇場悪役の神　依

柏連句会は、南柏で故明雅師が直接に指導されていた会だった。うっかり発句を用意していかなかった時にきびしく注意されたのが懐かしく思い出される。

この一巻は、あかり宗匠と他結社からのベテランに支えられての出来で、疵のない整った品格があるのでは……。

花句に「関の孫六」を詠いこんで、岐阜への挨拶も忘れなかった。

遠花火いま全開の刻と知る　り
　俺のことかと逃げる御器噛　依
ナオ　夏暖簾王手飛車取りはたと膝　依
　ポアロは髭をピンと弾きて　奈
この機種は二〇〇〇年対応できてます　奈
　蓮の飯にも隠し味あり　り
雲水の旅寝の寺に仰ぐ月　り
　願ひの絲に絹の靴下　依
崩れ簗思ひもよらぬ恋の果　り
　サッカー戦はＰＫで負け　奈
ナウ　夢あまた遠きものほど美しく　依
　付加年金がちょっと殖えたり　り
研ぎあげし関の孫六花の翳　奈
　紋白蝶の舞へる単線　依

平成十一年二月十四日　首尾　於　柏連句会

◇第14回国民文化祭・ぎふ99◇

土屋実郎　秀逸
水野　隆　秀逸

短歌行『石の寺』の巻

鈴木美奈子　捌

春光やいま玲瓏と石の寺　鈴木美奈子
　熊谷草の母衣のひそけさ　池田やすこ
青ぬたの刹身味よく仕上がりて　豊田　好蔵
　ルーペ片手に海図展げる　松本　碧
ウ
喜望峰夢の交易ルート成り　高橋　豊美
　好み合はねど貰ふ香水　山本　要子
観覧車また恋に落つ夏の月　中野　昌子
　透明な夜のマーラーの曲　中川　哲
異国にて懺悔の刻を過しける　中川　凡
　鳥打帽をちょっと斜めに　昌

総勢9人、中川哲宗匠親子も駆けつけ賑やかに巻きすすんだ一巻。

明雅師からのご講評は、喜望峰の句（ウ1）から異国にての句（ウ5）までが「近代的で新しい」とのことだった。当時、「カタカナの美奈子さん」と異名がついていて、洋風で新奇なものについ乗りがちだったと思う。

また、この頃かなり連句に熱中していたのか、4月は募吟の締切月でもあり、3日に1回の割合で連句会に参加していたが、記憶に鮮明な巻が多いのは嬉しいことである。

どこやらに散るかと揺すり花見酒　哲
　御身拭する釈迦牟尼の像　豊
ナオ　旧街道上湯下湯のかげろひて　こ
　虚実を解くサツ回り記者　敏
脳死して五臓六腑の泣き別れ　凡
　縄文遺跡ふぐの骨出る　碧
白塗りのジェルソミーナの道遥か※　要
　枲《むし》の垂衣《たれぎぬ》にほふ姫君　碧
繊月《みかづき》の眉に心のときめきて　凡
　丹波鬼灯鳴らす夕暮　要
ナウ　ボジョレーに屋台の栗のよく似合ひ　豊
　マヌカンの齢いつも引き算　こ
片言の幼なの頬に花の舞ふ　奈
　猫の仔くぐる駅の木柵　敏

平成十一年四月十三日　首尾　於　渋谷連句会

※ジェルソミーナ＝イタリア映画『道』の女主人公の名前

◇平成十一年度全国連句新庄大会・佳作◇

半歌仙『ダリの髭』の巻

東　明雅　選
鈴木美奈子　捌

ダリの髭ピンと張ったる暑さかな　古賀　一郎
宝石小筥からむ蔓薔薇　日高　玲
群雀三角屋根に並びゐて　市野沢弘子
ターン滑らかスケボーの子ら　矢崎　若丸
止まらない遁走曲《フーガ》に月の通り過ぎ　鈴木美奈子
焼松茸の香る生醤油　玲
ウ
紅の羅宇明神下に蚯蚓鳴く　郎

芭蕉は奥の細道の途次、大石田の高野一栄方で最上川歌仙を巻いた後、陸路新庄に赴き渋谷風流方に宿泊した。本文では省略されているが、曾良随行日記には記載がある。この渋谷家の末裔の渋谷道審査員を擁して毎年新庄で全国大会が開催されている。まことに素晴らしい。

佳作受賞への選者評は左記のとおり。

○選者　東明雅　氏評

「この作品の溢れるような詩想には感服した。たとえば焼松茸からの紅の羅宇・兄弟横綱・銀行破産・ジゴロ・付け黒子・狐と変化してゆく発想の展開は全く自由奔放であり、見事である。

兄弟横綱揃ひ休場　郎
へそくりが幸福ＢＡＮＫで反故にされ　弘
衣装箪笥にジゴロ隠して　玲
ルイ様の公式愛妾付け黒子　郎
罠にかかりし狐病みたる　丸
老杜氏の奥儀伝ふる寒の月　玲
研究論文書きあげし町　丸
お百度を踏みて名残の丸き石　弘
最上河畔は雪解けの水　玲
花かざし旅の荷少し軽くなり　弘
新幹線の夢の初虹　奈

平成十一年五月二十二日　首尾　於　落合第一地域センター

ただ、これを正当に読者に理解し評価して貰うためには、もうすこし、表現の仕方を研究し、気を付けねばならないであろう。」

◇第15回国民文化祭ひろしま2000◇

土屋　実郎　特選
奥田恵以子　入選
久保　俊子　入選
生尾　定美　入選

半歌仙『罌粟抱くや』の巻

鈴木美奈子　捌

罌粟抱くや一指一指の陽のやどり　鈴木美奈子
　海酸漿に聴こゆ潮騒　山本　要子
シチュウ鍋シェフはゆるりとまはしゐて　豊田　好敏
　開店祝の銀の燭台　生田目常義
愛蔵の榧の碁盤に月映ゆる　中村　ふみ

発句と脇が太陽—真紅と海—青の取り合わせ、ブレア首相からカーネル小父さんのあたりに新しさがあるというところであろうか。

案山子に着せるブランドの服　松本　碧

ウ

バス迂回時代祭の列ながく　敏
むかし噺にみんな寝たふり　義
主のため賃機夜機酒も買ひ　碧
ブレア首相に育児休暇を　奈
臍ピアス恋人できたらはづします　義
行灯蹴って伸びをする猫　み
月明かり三浦だいこの干されをり　碧
カーネル小父さん髭が可愛い　要
わが背より足の大きい涅槃仏　要
蜂の剣の細々として　み
花の舞四つ竹の音けざやかに　義
気球に乗りし春の夜の夢　敏

平成十一年六月一日　首尾　於　渋谷連句会

◇全国連句いなみ大会実行委員会委員長賞◇

密田　靖夫　特選

歌仙『日時計の』の巻

鈴木美奈子　捌

日時計の影息づくや春隣　鈴木美奈子
　丈を揃へて植ゑし葉牡丹　池田やすこ
リコーダー合奏の児ら伸びやかに　松本
　補助線一本引けば正解　碧
弓なりの浜銀色に望の月　こ
　鮗の身の透けし大笊　奈
ウ
棚田守る案山子に譲るヘルメット　こ
　工事現場の長は美人で　碧
荒くれが飼猫のごとのど鳴らし　こ
　ケンタッキーから届くバーボン　奈
夢路より帰れば財布の中はカラ　碧
　陰陽道に縋る若者　奈
月暑し出所不明の白き骨　碧
　踏切に来て停まる夏蝶　奈
「これからの日本は富国有徳で」　こ
　北斎画帳復刻で売れ　奈
橋の名を確かめながら花見舟　こ

富山県の高岡市から庄川を遡ると井波町、建立六百年余の瑞泉寺と木彫が有名で古くからの匠の町である。ここに住んだ芭蕉の弟子の浪化上人を顕彰して連句大会が開催されている。この渋谷連句会の三人組、三重に続く大きな賞をいただいた。

恋のわたりで、ウが工事現場、ナオで源氏物語という対照的なのが目立つ。

ビル突きぬけて泳ぐ連凧　碧

ナオ

壬生狂言無言のシテの背に鉦　碧

犯人《ホシ》に好かれる名物刑事部長《デカチョウ》　こ

「ただいまあ」人なき家へ朝帰り　碧

九官鳥の騒ぐ玄関　こ

総立ちの終相場のウォール街　奈

金の手袋飾るティファニー　碧

受話器とり訛隠してお嬢さま　こ

射止めし女にくるま名を付く　奈

だしぬかれ頭中将ほぞを噛み　碧

シュートの球のゴールすれすれ　奈

御神木亀裂あらはに月渉る　碧

峨々と鎮もる秋の山稜　こ

ナウ

髪型は喜寿も傘寿もシャンピニオン※　碧

貸しビデオ屋のカード三枚　こ

「格子なき牢獄」だったと戦中派　奈

源流尋ね単線で行く　こ

へうたんを小枝に結び宇治の花　奈

甍を濡らす不意の淡雪　碧

※マッシュルームのような髪型

平成十二年一月十二日　首尾

◇第15回国民文化祭ひろしま2000◇

東　明雅　特選
奥田恵以子　秀逸
高橋　昭三　秀逸

半歌仙『一壺の酒』の巻

鈴木美奈子　捌

春愁を溶かし一壺の酒を酌む　鈴木美奈子
来いと朗らに小綬鶏の声　池田やすこ
プラタナス骨董市に並びゐて　松本　碧
切り絵のピエロ鋏軽やか　奈
満月に起重機腕を伸ばしけり　こ
艀を揺らす上げ潮の鯔　碧

惜しくも入賞をのがし入選第一席。

発句から一壺天で春愁の酒をいただいてご機嫌の一巻である。ウの恋のわたりが若さと新しい感じが出ていると思うが…。

ウ

おくんちにいとこはとこの集ひきて　こ
　ちょっと見ぬ間に胸が眩しい　奈
紅筆で鏡に書きしＡＭＯＲＥ　ＭＩＯ　碧
「海と大地は女性名詞よ」　こ
トラウマの痛みはじめる冬の街　奈
　檸檬爆弾丸善の棚　碧
千円じゃ軽いと漱石苦笑ひ　こ
　平家蛍のよぎる弦月　奈
お上人ネットで墓地の予約とり　碧
　飛騨の駄菓子を孫の土産に　こ
わが心花の奴に攫はれて　奈
　築地《ついぢ》をぬらすあたゝかき雨　碧

平成十二年四月四日　首尾

◇第十二回全国連句新庄大会・佳作◇

土屋　実郎　選

半歌仙『街いまだ』の巻

鈴木美奈子　捌

街いまだ眠らず夏の観覧車　鈴木美奈子
ホルンを抱へ集ふ薔薇園　染谷佳之子
画学生名画の模写の仕上がりて　長崎　和代
炊きたてめしを五杯おかはり　之
むらさきの背山前山弦の月　代
養殖うづら競りに出したる　奈
ウ
竹を伐る男の脚絆きり丶とし　之

大ベテランのお二人と気分よく巻いた一巻。恋ばなれに「洗う入れ歯！」さすが！

佳作受賞への選者評は左記のとおり。
「全体によく変化しており面白い巻である。ウ2の〝FAXでくる親のお小言〟の〝お〟の字が句の勢いを弱めている様に思った」

ＦＡＸでくる親のお小言　奈
デパートの壁に化石の埋めこまれ　代
鰐のミイラを祀る神殿　之
絨毯をとけば琥珀の美女の現れ　奈
ひめ始とて月に恥ぢらふ　之
きぬぎぬにそっと入れ歯を洗ひをり　代
凡宰相は逝きて惜しまれ　奈
サービスの機内酒に酔ひプラハまで　代
春一番は青き海の香　奈
跳ね橋に若木の花のふぶくらん　之
復活祭に帽子新調　代

平成十二年六月三日　首尾　於　神楽坂連句会

◇第16回国民文化祭ぐんま2001◇

土屋　実郎　秀逸
狩野　康子　入選

半歌仙『芝浜』の巻

鈴木美奈子　捌

円朝の『芝浜』を聴く師走かな　鈴木美奈子
　畳替へたる拙ガ陋宅　木村　真呂
幼稚園バザーお知らせ電柱に　中林　あや
　スポーツカーの停まる脇道　登坂かりん
忙しげに葛根掘り上ぐ夕月夜　呂
　鼻の先にも溢蚊が来て　奈

落語の発句に始まったせいか、遺句のような一本抜けた感じの句がおかしい。蛇の抜殻→藪の中→ソロモンの壺。

花の句もおかしく愉しい。

ウ

おくんちの御旅所に積む薦被　ん
　回りもちとか町内の役　や
産む自由・産まない自由の騒がしや　奈
　ハイデルベルヒ青春の日々　呂
夏痩せの月も羨む君と僕　や
　足もとに在り蛇の脱殻　ん
票動き大統領選藪の中　呂
　鍍金剥げたるソロモンの壷　奈
早速にアウトレットに行ってみよう　ん
　日永飽かずに眺む野ぼとけ　呂
手品師の鳩の戻らぬ花の奥　や
　凧合戦にはしゃぐ父と子　ん

平成十二年十二月十三日　首尾

◇第十三回全国連句新庄大会・佳作◇

土屋　実郎　選

半歌仙『夏きざす』の巻

鈴木美奈子　捌

夏きざす骨董市の皿小鉢　中村　ふみ
　幼稚園児のはしゃぐ緑蔭　式田　恭子
サイン本墨の乾くを待つならん　山田美代子
　薄めに焼いたクレープが好き　鈴木美奈子
月の窓猫いつの間に膝の上　松本　碧
　螻蛄びびと鳴く広縁のした　み
ウ
運動会赤と白とに陣取りて　恭

○選者　土屋実郎　氏評

「ウ三は〝誰が裔かサロメのごとき妖し眼は〟の方がよいように思った。」

このご指摘に感謝、そして勉強になった。「は」という終助詞は感動・詠嘆を表し、「で」と「は」では句の勢いがまるでちがってくる。「か」と「は」の対応も美しい。

隠れ湯めぐりほどの佳き酒　代
誰が裔かサロメのごとく妖し眼で　奈
百夜通へと彼に命じる　碧
韋駄天をまつりし庫裡の梁高く　み
凍りついたかじっと凍鶴　恭
船旅のデッキを照らす冬の月　代
クラリネットを艶やかに吹き　奈
往年の名画上映蔵の中　碧
山高帽は春を夢見る　み
花満ちて湾岸都市は空に伸び　恭
心和ますさまざまの凧　代

平成十三年五月八日　首尾　於　渋谷連句会

◇猫蓑会第一回源心コンクール特選◇

源心『月に歌ふ』の巻

東　明雅　選
原田　千町　選
鈴木美奈子　捌

月に歌ふライザミネリの紐育　　鈴木美奈子
　人種さまざまうそ寒の街　　東　郁子
新築に秋味一本ぶら下げて　　松島アンズ
　広縁に置くＦＡＸの台　　椿　照子
ウ
肩ならべ鰐口揺らす除夜詣　　篠原　達子
　悴んだ手を彼のポケット　　達
アパートの合鍵しまふ定期入れ　　ズ
　大売出しの旗がひらひら　　郁
地主から預かる札のひんやりと　　達
　狐顔してポルシェ転がす　　照
アルプスを左に黒四ダム右に　　郁

故明雅師創案の源心によるコンクール、これが生前最後の審査となられた。

思いもかけぬ特選に感激、先生にどの点が良かったでしょうか、とお伺いすると「新しいからね」とのこと。先生は、連句の根本は「世態人情諷交詩」である、そして、新しさこそが一篇の詩の花であることを徹底させるつもりである、と会報に書いておられた。

もう一人の選者を務められた原田千町氏も通覧記のなかで「源心という新しい形に相応しく、なるべく新しい作品を残した」と述べられている。

師の説かれたように、大変な時代であればこそなお風雅の道、そこに時代に生きる証としての新しさを追求していかねばならないと思う。

近づいて来るふるさとの風　ズ
本丸は所狭しと花の宴　郁
　煙草やすみのしゃぼん玉売り　達
ナオ
児童館たにし長者の紙芝居　ズ
　お祖父さんの時計突如鳴りだす　郁
土壇場の卓に投げ出すフォアカード　ズ
　ブラボー俺は夜のピエロさ　達
底冷えの駅に客待つ靴磨き　郁
　殿下の恋に侍従あたふた　照
羽根ペンで娼婦の背にアディオスと　奈
　中庭高く揚がる噴水　郁
森の精かろき輪舞に月涼し　達
　夢の入籠にまた夢のあり　ズ
ナウ
ホームラン息子ボンズも駆けだして　達
　上場記念ロゴのTシャツ　ズ
花何処この群青の空の下　奈
　蝶と戯る砲台の跡　照

平成十三年十月十四日　首尾　於　南柏・光ヶ丘近隣センター

◇平成14年第十四回全国連句新庄大会
　プレ国文祭やまがた２００３特別賞◇

狩野　康子　選

半歌仙『魚すいすい』の巻

鈴木美奈子　捌

歩道橋魚すいすい薄暑かな　鈴木美奈子
　パラソル浮かぶ濡れいろの街　中林　あや
横顔の自画像すこしデフォルメに　奈
　受話器を取れば「車買ひます」　や
蓼の穂の何呟ける月の夕　奈
　野分まだらし穏やかな原　や

○選者　狩野康子　氏評

「現代的な発句と脇、更に三句目から四句目への工夫がみられ、好感がもてます。八句目塔の裏窓、よろけ縞、猫科、貝類の三句に渡る恋句には想像をかきたてる面白味があり、感心しました。

十五句目以降少し安易になったのが惜しまれます。」

例会帰りのビヤホールで、まだ時間があるから半歌仙でもと何気なく出した発句に「それいいよ〜」と俳句名人のあやさん。あっという間にすいすいと巻上がった一巻、ご講評も素敵でうれしいことである。

ウ

後れ蚊は若き司祭にまとひつき　や
　縄梯子吊る塔の裏窓　奈
気に入ったパジャマ揃ひのよろけ縞　や
　今日は猫科で明日は貝類　奈
超音波定期検診全部済み　や
　極右はびこるＥＵの鬱　奈
凩に三文オペラの幕上がり　奈
　月に行けさう燗酒の酔　や
打たせ湯へ矢印たどり峡の宿　や
　安東次男黙す春寒　奈
耳奥にふと動くもの花ひらく　や
　ステンドグラス暮れかぬるまゝ　奈

平成十四年五月二日　首尾

◇平成十八年度全国連句新庄大会優秀賞◇

土屋　実郎　選
狩野　康子　選

半歌仙『問はずがたり』の巻

鈴木美奈子　捌

昭和史の問はずがたりや初蛍　鈴木美奈子
棟散るなり城址の坂　大窪　瑞枝
大太鼓撥いっせいに振り上げて　倉本　路子
手づくりクッキー型のさまざま　森　明子
揺り籠のリボン真っ白月の窓　吉村ゑみこ
IT一式変へて新涼　枝

○選者　狩野康子　氏評
「運びが調子良い。ウ六句目〜十句目破の趣があり面白い」

新庄でのお二人からの選は初めてで明雅先生ご存命ならば「おうおう、よかったね」ときっと喜んで下さることと思われた。

ちょっと脱線気味かなと危惧していたウ八・九句も「破の趣」と肯定的に受け止めていただけた。

「へべれけ」は落語みたいだけれど「へべ」はれっきとしたギリシャ神話でのゼウスとヘラの娘で青春の女神。「へべ・エリュエケ」なるギリシャ語は「へべのお酌」という意味だとか。

ウ

旭山動物園の冬支度　ゐ
　なにか淋しいエトランゼ達　路
長い首傾げて画布に立つ女　枝
　奪ひ尽した悪の愉しさ　枝
み仏の衣に縋る波羅蜜多　路
　寒月照らす雲崗の壁　明
ロスタイム　ゴールキーパー横っ飛び　ゐ
　てえへんだぁ　と八っつあんが来る　枝
へべれけのへべは酒宴の女神とか　路
　風を映して融ける薄氷　ゐ
長調に転ずる花のカデンツァ　奈
　ロングウオーク春を惜しみぬ　明

平成十八年六月二十八日　首尾　於　東京ウィメンズプラザ

◇第22回国民文化祭・とくしま2007◇　矢崎　藍　秀逸

歌仙『銀座日和』の巻

鈴木美奈子　捌

吉引いて銀座日和の初亥かな　鈴木美奈子
　蔵を開けば集ひくる客　豊田　好敏
丸窓にポプラの絮の翔び出して　横山　わこ
　独り噛みしむ芥菜の香　三木　俊子
真向の触る丶ばかりに朧月　遠藤　央子
　アコースティックのギターぼろろん　奈

ウ
懐石は銘器の皿につぎつぎと　敏
　大吟醸なり骨のある奴　わ
息を止め背のホックを外させる　俊
　そのひとの名に蛍籠揺れ　央
悲母観音笑み深くあり木下闇　奈
　下校する子の白のソックス　敏
蒸し上げし月見だんごは不揃ひに　わ
　時代祭の外人の衛士　俊
秋の蚊のここを先途と刺し通し　央
　忘れられたる抽出しの鍵　奈

銀座には九ケ所に稲荷神社がある。

多くはデパートなどビルの屋上に移されてしまったが、まだ路上にあってお詣りできるのもいくつか。

古いのでは江戸初期の創建で縁結びの「豊岩稲荷」。七丁目のビルの隙間、やっと人が通れる場所だが、人気があるのかお灯明と線香も絶えず、狐さんも健在。

並木通りには子育て神社の「宝童稲荷」。江戸中期に町名主の弥左衛門が、江戸城内にあったこの子育て祈願の神社を分祀し町内の氏神として祀ったのがはじまりとか。

この一巻、自分で気に入っている句は花。数学に友愛数あり、少しは数字と仲良くなれるよう願望をこめて…。

花吹雪野天の風呂にほしいまゝ　敏
　フルムーンの日過ぎるのどやか　わ
ナオ
敬語表見つつ電話の巣立鳥　俊
　悠然と生き従容と死す　央
わたつみの神も哭せり硫黄島　奈
　五目並べの奥深きこと　敏
寒味噌の家伝の出来は今ひとつ　わ
　氷掻きやるやつちや場の朝　俊
夢うつつ深夜放送ささやけり　央
　忘れられない耳を咬む癖　奈
ついて来いあなたはいつも独裁者　敏
　毀れたベッドふるへ止まらず　わ
象潟に西施をしのぶ月の眉　俊
　高速道路宵闇をゆく　央
ナウ
葡萄酒の樽がごろりと地下の倉　奈
　借金取りも遂に退散　敏
団塊は起業の塾をたち上げて　わ
　上場祝ひに生成りタオルが　俊
此の花と友愛数のフィーリング　奈
　卒寿のけふも蜆汁のむ　央

平成十九年一月二十日　首尾　於　赤城社会教育会館（神楽坂）

◇平成19年度・第16回岐阜県民文化祭・佳作◇

短歌行「ふるさとの余白」の巻

東京都　鈴木美奈子　捌

ふるさとの余白に鵙の高音かな　鈴木美奈子
　なんばんぎせるやっとみつけた　本屋　良子
月の眉優しき形《なり》に泛び出て　梅村　光明
　スポーツシューズ犬小屋の上　伊藤　哲子
ウ
秘密基地がき大将は女の子　赤坂　恒子
　手づくり香水誰に渡さう　美奈子
あのことは神田祭の後のこと　良子
　没落士族選ぶ質草　光明
噺家の咄すべてを封印し　哲子
　誕生年のワイン贈られ　恒子

○選者　水野　隆　氏評

「かなり充実した巻で〈淡墨のすめろぎの花夕映えに／はだら野をゆく綾ぎぬの領布〉の終結など、好もしい」

岐阜獅子門の始祖・文考創案の短歌行にもだいぶ慣れてきたようで、二花二月も長・短取合わせの月でよかった。

花の句は根尾谷は継体天皇お手植えの樹齢一五〇〇年と聞く淡墨桜へのご挨拶。

装ひはペルシャの姫の花の宴　哲子
　春愁かくす写真機の中　良子
ナオ　海底の歌を想ふか人麻呂忌　光明
　小さき魚空に憧れ　哲子
北の街動物園がブレイクす　恒子
　罪に問ひたきお巡りの増え　美奈子
許されよ受胎告知の天使なり　良子
　アダムとイブに倣ふ新婚　光明
風疼く山脈はるか国境　哲子
　氷の面に月の戯れ　恒子
ナウ　老ゆるほど銛を研きて夢を見る　光明
　名残の猟の大法螺を吹き　良子
淡墨のすめろぎの花夕映えに　美奈子
　はだら野をゆく綾ぎぬの領巾　恒子

平成十九年九月十五日　首尾　於　伊丹シティホテルロビー

平成二十年全国連句新庄大会
◇第二十回記念大会賞◇

澁谷　道　選

半歌仙『韮咲くや』の巻

鈴木美奈子　捌

韮白く咲くや定まる旅ごころ　鈴木美奈子
揺り椅子ゆるるバルコンの月　金久保淑子
責了のゲラを再び素読みして　登坂かりん
鶉のたまご忘れずに買ふ　篠原　達子
川のある下町に住み和服好き　ん
旧師のもとに歳暮まゐらす　淑

全国新庄連句大会の開催は残念ながら今回をもって閉じるとのこと本当に淋しい限りである。新庄へは平成七年やはり渋谷道氏選で受賞の和子義姉について初めて参加、以来、ほぼ毎年参加し、帰りには必ずみちのくの旅が続いて愉しかったことを懐かしく思い出す。

この一巻、端正な流れとご好評をいただき、記念大会賞に連衆ともども喜びの声。発句、当日の原句は「韮白く咲きたる夜の星の数」だった。これではダメ…とひねり直して掲句に直したところ、道先生から発句におほめをいただき嬉しいやらほっとするやら。

ウ

日脚伸ぶことり音して尼の寺　達
源氏千年寂聴の色　奈
呼吸《いき》までがひたくれなゐに燃えるとき　淑
ピエロ歩きで猫の立ち去る　ん
臭桐《くさぎり》に涙の痕を見られしか　ん
酒とうるかで残る半生　奈
夕張の廃坑に月皓々と　達
森羅万象神の宿れる　淑
滑らかにアルト・ラプソディ響かせて　奈
柔東風に乗るスケボーの子ら　淑
この国のかたち語れば飛花落花　ん
羽化の間近かき一蝶の夢　達

平成二十年七月九日　首尾

全体に懐かしいトーンがあり、好きな巻のせいか全部諳じているが、かりんさんも同様と聞き、連句をやってきて本当によかったと思ったことである。

第二章

◇猫蓑会◇

歌仙『胸の音叉』の巻

鈴木美奈子　捌

寒昴胸の音叉の揺れ止まず　鈴木美奈子
　鉄路の先に蒼き水晶　山本　要子
ほほゑみの国の手織の絣着て　池田やすこ
　スパイス売りの肩にカナリア　松本　碧
満月に長針こちと時計塔　要子
　馬車が南瓜に変ってしまった　美奈子
ウ
侯爵は頭佗しと秋帽子　碧
　用心召され尼の涙は　やすこ
八桁の暗号交信しのび逢ひ　美奈子
　ネットで結婚ネットで離婚　要子
この年も右往左往の議員秘書　やす子
　立ちたるまゝにつかふ弁当　碧
六道の辻に忘れし蛍籠　美奈子
　盗っ人眠る葎生の月　碧
びっこひきダルタニアンてふ猫帰る　やすこ
　絆創膏の貼れぬ春愁　要子

夢なき凪

凪は錆つく
ポプラの森ひと夜まるごと
夢もなし

これは、昨年暮の三十日に放送された『ＨＡＩＫＵ－バルカンの戦火をこえて』という番組で紹介されたミルサドという一ボスニア青年の句です。

彼は旧ユーゴ崩壊後の凄惨な内戦のさなか既に死亡、秘蔵していたノートには、五千句におよぶ俳句がびっしりと書きこまれておりました。それと芭蕉や一茶の句、そして独学で学んだのか、自分の名前や単語のいくつかの日本語が記されていたのです。他にも、

雀と鵲　同じ水溜りで飲む　秋の日差し
一日中　子供ら探す　きのうの虹のアーチ

画布いっぱい花片ばかり描きこみて　やすこ
　筆龍膽の咲ける山裾　要子
ナオ
橋なくて夢なき風の通ひけり　美奈子
　バルカン戦士ＨＡＩＫＵ遺せる　碧
力をも入れず天地動かさん　要子
　須佐之男の髭伸ばし放題　美奈子
禁断の果実をねだる甘え声　碧
　忘れられない人は冷たく　やすこ
日記果つ鍵をはさみて封印す　美奈子
　吹き寄せられて残る堅雪　要子
車椅子還暦が乗り喜寿が押す　やすこ
　泡盛を酌みゴウヤチャンプル　碧
踊る子は昔の我か月の浜　やすこ
　施餓鬼の棚の古き琴爪　美奈子
ナウ
入植の移民の邑に竹を伐る　要子
　ホノルルマラソン完走のレイ　碧
うす雲を茜に染めて陽の沈む　要子
　風船飛ばす産院の窓　やすこ
この一瞬一瞬花のいのち燃え　美奈子
　都市空間に蝶の息づく　碧

平成十三年一月十八日　首尾　於　新宿「滝沢」

など、テレビからの聞き書きですから、正確ではないかも知れませんが、内戦の渦中に彼が求めて止まなかった世界と現実の乖離の深さが伝わってきます。でも、激しい内戦で敵味方に分裂していたクロアチア、セルビア、ボスニアの人々が、ひそかに俳句を寄せ合い、句集を作り続けてきたという事実は感動的ではないでしょうか。

同放送によれば、アナキエフという編集者の手になるその名も、『結び目』－Ｋｎｏｔということで、前記のミルサドの俳句は、彼の妹の編集で『夢なき風』という句集として上梓されたということです。

戦争という限界状況のなかで、生きる支えとなった、日本の十七文字の素晴らしさ。江戸時代、身分や階級を越えた『座』という精神的共同体が、社会の隅々まではりめぐされていた俳諧。それは、力をも入れず天地動かさん――「言の葉の力」によるものでした。（古今和歌集「仮名序」より）

二十一世紀中に、この日本という国が、極東の海に浮ぶただの一小国になったとしても、連句という素晴らしい文芸は、きっと力強く生き続けることでしょう。

◇猫蓑会◇

歌仙『天馬放てり』の巻

鈴木美奈子 捌

子午線に天馬放てり春岬　鈴木美奈子
　見るべきは見つ朧なる月　松本　碧
料峭に松煙墨を磨るならん　山本　要子
　チャイ注ぎ交はす胡座の人々　生田部常義
シャーシーの砂に埋もるゝ道しるべ　碧
　脱ぎ捨てられし白き短靴　美奈子
ウ
万太郎美食の果てか冷奴　常義
　帯の根付をするり抜き取る　要子
駆落ちの初手は多摩川青テント　美奈子
　雲のかたちの母の背に似て　碧
宵月夜ちちろ蟲鳴く村歌舞伎　要子
　小鳥翔び立つすっぽんの穴　常義
ホップ摘み体の中まで苦くなり　碧
　ちなみにゲームは何がお好み?　美奈子
陀羅尼助《だらにすけ》飲ませてやらう彩電症※　常義
　湯舟で三唱社訓五ケ条　要子
争はず遅るゝもなく花筏　碧

見るべき程のこと

元暦二年（一一八五年）三月二十四日午前七時、関門海峡壇の浦の空、眼には見えない天の子午線を下弦の月が音もなくよぎってから約九時間後に、平家一門はこの海域で全滅を迎える。月の起潮力がつくり出す激しい潮流の変化が、源平の命運を決したのであった。

木下順二のドラマ『子午線の祀り』の主人公・平知盛は、何度も「すべてがそうなるはずのことであったといま思われるのはどういうことだ？」と自問する。すでに一の谷の合戦で、わが子知章をわずか十六才で身代りにして生きのびた知盛は一門の運命を見透していた。

ドラマの冒頭、長年行動を共にした後白河法王拝領の名馬を源氏かたに逃すエピソードは彼の戦さに対する姿勢を物語っている。天馬のごとく放たれた彼の愛馬は、天体の運行という非情な運命の必然に抗い、生あるものを徒らに失わせることなく、最善の「生」を最後まで求め続けようとした知盛の「意志」を象徴している。

一方、軍事技術の天才・義経は、行動人としての武将

ナオ
真昼の蝶の展翅艶やか　美奈子
ちぐはぐに目鼻描かれし紙雛　要子
　鐘打ちならすシャガールの夢　常義
原罪の柵を出づれば空蒼し　碧
　語学教師はいまだ訛りが　美奈子
マッチ擦る束の間の愛儚くて　常義
　雪鬼どもにストーカーされ　要子
海底の海鼠ゆっくり丸くなる　美奈子
　甍々に降る京の雨　碧
反骨のパトロネージを貫きて　要子
　スキンヘッドのラップ沸々　碧
噺家で坊主で木魚叩く月　常義
　酒の肴に拾ふ銀杏　美奈子
ナウ
征き征きて虜囚の島の蔦紅葉　常義
　誰が形代か飾る人形　要子
かにかくに国破局などと言ふなかれ　碧
　殿様がへる威儀を正して　要子
フォルスタッフ舌の乾かぬ花談義　美奈子
　季は弥生ぞ沈黙は金　常義

平成十三年二月十九日　首尾　於　新宿「滝沢」

※ダラニスケ＝高野山などでつくられる腹痛薬
彩電症＝ゲーム狂やコンピューターオタク等の人

に徹し、感傷に陥ることなく、非戦闘員である水主楫取を射殺してしまう。現代の戦争にも通用する技術主義の非人間的側面をよく現している。

　無常観に浸るのみの兄重盛とは異なり、戦争を相対化し得る認識力をもっていた知盛は、人々のよりよく生きたいという切実な望みのために奮闘する一個の哲学的な人間像として、死のその刻まで輝きを失わない。

　歴史上、変革期といわれる時に登場する人間像は実に魅力に溢れているが、かたや、イギリス史上およそ大義といってない薔薇戦争―王権をヨーク家とランカスター家とで簒奪しあうためにのみ三十年も陰惨な殺戮を繰りひろげた―も、シェークスピアの史劇においてその多様性に満ちた人間像を浮かび上がらせている。

　なかでも、フォルスタッフはシェークスピアが創造した最高の喜劇的人物として絶大な人気がある。何故か？

　ヘンリー四世治下、無頼と放埓の限りを尽くしたハル王子がヘンリー五世として王位を手にいれると〝盟友〟フォルスタッフを懲罰追放にしてしまう。王権は秩序をもって守らねばならない。この矛盾をどう考える？　とシェークスピアは片目をつぶって問うているらしい。

◇猫蓑会◇

歌仙『プロメテウス』の巻

鈴木美奈子　捌

飼ひ馴らす硬骨魚あり青嵐　鈴木美奈子
　荒れたる庭に残る十薬　生田目常義
ボーリング砂とセメント山積みに　松本　碧
　だぶだぶズボンぼやく自販機　中林　あや
夕月の坂下り来る出前持　常義
　駅舎の窓にぽつり秋の灯　美奈子

ウ

牛祭英吉利人を案内し　あや
　貰ひしチョコの半ば溶けをり　碧
バーチャルの夜毎のギャルは色増して　美奈子
　鉄《はがね》の処女はまるで錆びつき　常義
川舟がそっと漕ぎだす塔の門　碧
　キャベジンを飲む陰の事務方　あや
洟たれて碁盤に向ふ定年後　常義
　片割月の破片《かけら》寒むざむ　美奈子
折りたゝむ黒部妙高旅の地図　あや
　はたきで払ふ立ち読みのガキ　碧

そしてまだ希望は残っているか？

一昨年のＮＨＫ人間講座で、作家阿刀田高が『私のギリシャ神話』を放送していたが、その第一の特徴はゼウス大神からではなく、反逆の神・プロメテウスから始めることにある、と先ず宣言していた。

世界同時不況（恐慌の危機か？）と新たな東西冷戦、地球温暖化と生態系の破壊、クローン人間などなど混迷を深める現代世界への警鐘として、プロ（先に）メテウス（考える）神に、今、寓意するものは大きい。

彼は「天上の火」を盗み出して人間に授けるが、これのみならず、建築や医療、気象観測、航海術、文字や数などの技術すべてを教え授けた人類の恩人であった。しかし、怒ったゼウスは、クラトス（権力）とビアー（暴力）の二神に命じて、プロメテウス（知性）を、曠野の涯、スキュティアともコーカサスともいわれる高山の巨巌に磔にし、更に一羽の大鷲に彼の肝臓を啄ませた。夜になると食い荒らされた肝臓は育って旧に複し、毎日この耐え難い苦痛が繰り返される。

アイスキュロスの悲劇『縛られたプロメテウス』では

ナオ

銅《ど》拍子に酔うて候花吹雪　常義
　田楽法師朧ろ寺町　美奈子
マイポルシェ逃水追ひてゆるゆると　碧
　恩着せがまし A 型の癖　あや
詫び状は文例通り漢語調　常義
　管を用ゐて天を窺ふ　美奈子
蟒蛇の鼾聞こゆる石のわき　碧
　息子の家出三時間だけ　あや
蹴りあげたラグビーボール抛物線　美奈子
　秘密《みそか》ごと抱く結初めの君　常義
観覧車青空に接吻《キス》舞ふばかり　碧
　ポップコーンの袋からっぽ　あや
牧閉ざす少し重たき腰の鍵　常義
　へっぴり虫をつまむ森番　美奈子

ナウ

争へど果てはいつもの酒と月　あや
　満洲といふ国に生まれし　碧
寝て起きて求人欄をひと通り　あや
　世直しの声どこまでが夢　常義
プロメテウス花の地平を見はるかす　美奈子
　せせらぎ走る土のあたゝか　碧

平成十三年六月二十二日　首尾　於　新宿「滝沢」

ゼウスの使者でやってきたヘルメス（通商や通信を司る神）に対し、「なるほどましだろうな、この岩に隷従しているほうが、ゼウスの忠実な使者となるよりは」と追い返してしまう。全知全能のゼウスからすれば、いずれクローン人間まで造ろうとする愚かしい人間に、真の叡知を呼び覚ますため彼を縛めたということになるが、この飽くまでも、人間と運命を共にしようとするプロメテウスは、ゲーテにより「反逆者の原型」として近代に復活し、ロマン派詩人たちに大きな影響を与えてきた。

　また、エピクロスの唯物論を高く評価し学位論文を書いていたマルクスは、後年、ライン新聞の編集長の職を追われるや、印刷機に自身を鎖で縛りつけ、大鷲に啄ませるパロディを絵にしている。以来、プロメテウスは労働者解放のシンボルとなった。

　ところで、プロメテウスには弟のエピメテウスがいた。エピ（後で）の意から下司の後知恵である。ゼウスの贈物は受け取るなと注意しておいたのに、この弟の処へ、ゼウスが放ったパンドラが壺を持って現れる。開けられた壺の底に残ったのは「希望」だけ。どんなにささやかであれ、これだけは愛想づかしする訳にはいかない。

◇猫蓑会◇

歌仙『不条理の空』の巻

鈴木美奈子　捌

不条理の空群青やななかまど　鈴木美奈子
　白から金へうつる昼月　生田目常義
村芝居とんぼをきれば拍手来て　登坂かりん
　つんつるてんの似合はない服　中林　あや
スイッチでロボット猫の目が動き　常義
　ブイヤベースをゆっくりと混ぜ　美奈子
ウ
道具屋にいはくありげな火消壺　あや
　痩我慢する武士《もののふ》の恋　かりん
すっぴんと知性で迫るアナリスト　美奈子
　キスの巧さでランク付けやう　常義
色褪せし『鏡子の家』の来客簿　かりん
　駐車違反の多い路地裏　あや
夏の月クレーン祈りの姿して　美奈子
　冷やし瓜食ふ飯場賑やか　常義
どた靴と幼な児の靴並べやり　あや
　公文は苦悶とぼやく小六　碧

ハック少年はどこへ？

疲れ、貧しく、群れ集う人々よ
自由の空気を吸うことをこがれる人々よ
豊かな岸辺についた哀れな人々よ
家なき人々、嵐に放り出された人々よ、来たれ
わたしは、金色のドアのそばにランプをかかげる！
自由の女神像の台座に刻まれた「歓迎の詩」

素晴らしい共和国讃歌だと思う。そして巡礼始祖―ピルグリムは、イギリス国教会の弾圧を逃れて新大陸に渡った分離派の一団であり、厳しい道徳で結ばれた人々であったことを思い起させる。

開拓の苦難の歴史や植民地支配からの独立戦争、言論や集会の自由と法のもとでの平等などを謳った憲法の制定、奴隷解放を獲ちとった南北戦争など、初期アメリカのデモクラシーは輝かしいものであった。

マークトウェイン描くハック少年と逃亡黒人奴隷ジムが、ミシシッピー流域で経験する愉快でヒューマンな物語は、ふるさとのように活き活きとして懐かしい。

花明りひとときは照りて暮るゝ庭　常義
半伽思惟像翳落す蝶　美奈子
ナオ
老妓らの都踊の極りたる　かりん
形成外科に看板を替へ　あや
此の度も正義の安売りいたします　美奈子
丁半次第右も「左」も　常義
親分は巴里大卒の詩人らし　あや
拾った女ちょっと鮫肌　かりん
湯豆腐を仕立て、妻と仲直り　常義
わたしの墓は別にするわね　美奈子
ぬらりひょんロフトの窓に烟吐く　あや
サッチモ気儘なピアノ三昧　かりん
外輪船少年ひそかに仰ぐ月　あや
迎へる雁の列はきれぎれ　常義
ナウ
そゞろ寒　f分の1の風揺らぎ※　美奈子
バーベル挙げて上がる職階　かりん
サーベルの音で脅せる時代《とき》遠く　美奈子
帷子雪は誰の屋根にも　常義
山裾のせり出す湾へ花霏々と　かりん
弥生の能登は車座の酒　あや

平成十三年十月十二日　首尾　於　新宿「滝沢」

※f分の1＝数学用語で不規則な揺れを公式化したもの

この自由の片鱗は日本人が、敗戦直後マッカーサーから与えられ、無条件降伏など忘れて、狂喜して迎えいれたものだった。反戦主義者であった人ほどそうで、日本共産党は占領軍を解放軍と規定したほどである。この辺は、作家の感性は違う。太宰治は、〝日本は無条件降伏をした。私はただ、恥ずかしかった。ものも言えないくらいに恥ずかしかった〟と書いている。

案の定、戦後民主主義の謳歌はながくはなかった。1950年6月朝鮮戦争が勃発したのだ。当時、中学2年生だったが、緊急朝礼が招集され、再び銃を取って戦うのだという檄がとび、ユネスコからの要請で、「日本の将来を担う私たちの覚悟」という作文を提出せよという。友達と提出拒否をしていたら、職員室に呼び出されたあげく説得された。

この時の挫折感を思うと、今のアフガンへの米軍の武力侵攻をめぐって、教育現場の悲惨な状況は想像がつく。あの当時、素晴らしく模範的な作文を書いた別の友達は、四十年後「ごめんね、実は父親がこれだったのよ」と見せてくれたのはアナーキスト連盟の機関紙だった。

時代は、マッカーシー旋風と共にレッドパージの暗い冬の季節を迎えていたのである。

◇猫蓑会◇

歌仙『虹の旗』の巻

鈴木美奈子　捌

虹立つやまぼろしの旗揺るゝ街　鈴木美奈子
　蝉殻乾くビルの植込　百武　冬乃
地球儀の止まるところに棲ふらん　鈴木　了斎
　靴の踵は打ち直したり　生田目常義
伴走を見守りてゐる十七夜　式田　恭子
　フルートの音のもるゝ爽涼　登坂かりん

ウ

コレジヨもくんちの頃はいそいそと　かりん
　禁じられたる「赤と黒」の書　常義
背徳を潜め眼窩の翳蒼く　了斎
　ロボット犬の運ぶブランチ　恭子
絵絣に吉祥文を織りあげて　冬乃
　雪戸の木組みを励む男衆　かりん
月寒し大阪適塾いまも尚　常義
　去年と今年をすれちがふ橋　了斎
選手らの移籍ビジネス億を積む　冬乃
　先物買ひは主婦の愉しみ　恭子
花の山梵鐘の銘拓《す》りにけり　冬乃

詩のルネサンスへ

東京の街の中で、ここ新宿ほど時代による変容を感じさせる処はない。

一九六〇年代、この街は青春の街だった。どの映画館、喫茶店、飲み屋などを覗いても、学生や労働者、大学教授や文化人でごった返し、世界の政治や革命を論じ、文学を語り、恋愛論を闘わせ、話しても話しても話し足りない熱気に溢れていた。

しかし、パリの学生による五月革命に始まった学生反乱の一九六八年を境に、この青春の熱気は急速に冷えこんでしまう。『青春の終焉』の著者、三浦雅士氏は、この原因を、戦後資本主義の復興と爛熟の過程に即応して分析しているが、だとすれば、出口の見えない未曾有の破綻に陥っている今の状況は、第二の戦後という新しい地平なのであろうか。

たしかに今年の八月は、いつもの鎮魂の季節と違い有事法制定の動きやイラク侵攻への危惧といった危機感の現れか、先の戦争をもう一度、捉えかえそうという作品が書店に並んだ。

なかでも『群像』八月号に載った奥泉光の『浪漫的な行軍の記録』は、戦場での、おぞましく慄然と息をのむ

仔豚のやうな春の浮雲　恭子

ナオ

凧の陣いがぐり頭寄せあひて　常義
　だいだらぼっち笑ふ声聞く　了斎
原人のまた古くなる新世紀　冬乃
　ワールドコムの底無しの闇　了斎
歌姫を越えてふたりは京へ逃げ※　常義
　涙の谷の汗に溺るる　かりん
砂糖水飲ませる嬰はあなた似で　冬乃
　獅子の紋章銀のスプーン　了斎
一族の当主率ゐる狐狩　恭子
　郵便局長独り鼻唄　冬乃
迢空忌風呂敷包みに月たかく　かりん
　廃れし塚に草の絮飛び　常義

ナウ

走り蕎麦飽きて漢《をとこ》の旅終る　恭子
　酒はぬる燗窓ぎはが良い　冬乃
胸もとのフリルづかひで夢を売り　かりん
　昇らんとして蟠《わだかま》る龍　美奈子
花嵐次元の穴を吹き抜けて　了斎
　瓶の手紙を拾ふ鯛網　恭子

平成十四年七月十二日　首尾　於　新宿「滝沢」

※歌姫越、奈良坂の別称＝生駒郡平城村の歌姫から山城国に抜ける。

モチーフの再現として、大岡昇平の『野火』を蘇らせる。苛烈な餓死状況での「人倫」とはまさに、「霊と肉」との相克として鬼気迫るものがあり、遂に、狂人としてしか日本に帰り得なかった、『野火』の主人公の手記は、「神に栄えあれ」で終る。

　戦後、この戦争の「汚れ」を引受け、死者の代弁者、遺言執行人として詩を書き、第二次『荒地』派の中心となったのは鮎川信夫だった。

　「凡庸な精神が、さまざまな種類の愛国心という盲目的な鎖で自らの足を縛る時、詩人はむしろやすやすと祖国をあとにするものである……」。現実を直視せず、戦争賛美へと導いた「日本浪漫派」への批判は、『荒地』派詩人の共通の認識・出発点となった。

　最近は、大東亜戦争肯定の小林某の漫画『戦争論』が、五十万部も売れているという。

　これに対し、「戦争自体がダメだよ」と『老いの流儀』ながら、吉本隆明が『戦争論』を展開している。

　『荒地』派戦後詩のなかでも、隆明の『転位のための十篇』は、際立って美しく、青春文学の花として、今なお輝きを放っていると思う。

　老いの最先端からの再生（ルネサンス）は、むしろ本物の詩を生み出す場所……と転位できぬものか？

◇猫蓑会◇

恋之源心『女坂』の巻

鈴木美奈子　捌

秋霖や傘持ちかへる女坂　鈴木美奈子
　月を想へば顕《た》ちて来る君　池田やすこ
しのび逢ふ小窓に木の実こぼれゐて　中野　昌子
　当てにしないわ指切りげんまん　中村　ふみ
ウ
外套の背にジェラシーの視線浴び　美奈子
　鷲掴みする無頼派の奴　ふみ
生きてゐてすみませんとて情死行　やすこ
　炎の中にオラショつぶやく　昌子
天草の四郎は恋を知り居《ゐ》しや　やすこ
　秤にかける愛の重さも　ふみ
キャリアウーマン淋しいほどの仕事好き　昌子
　宅急便で指環返した　ふみ

登り続けなければ…

〝私が死んでも決してお葬式なんぞ出して下さいますな。死骸を品川の沖へ持って行って、海へざんぶり捨てて下されば沢山でございます……〟

円地文子の名作、『女坂』の終幕を一気に駆け上がる主人公倫女のこの言葉は、読み返す度毎に少しずつ違う感慨を呼び起こす。これを、妻妾同居という酷薄多淫の家長・白川行友と、封建的「家」への忍従と犠牲の歴史への呪詛と素直に取ったのは、最初に読んだ二十代半ばの頃。

四十歳を越えて読みが変わった。〝ざんぶり〟が恍惚と響くではないか。まるでシーンと静まり返った舞台で、忘れ去られた女主人公が、満を持して放つ矢のような「科白」に思われた。この「どんでん」の小気味よさ！効果は劇的であり、劇場的ですらある。

死に際して夫に見せる、この駄々っ子のような「科白」は、かつての名優羽左衛門のような男振りを想像させる、非情な夫・行友へのマゾ的憧憬を秘めた最後の媚態、心を量るナゾ掛けだったのではないか。死に至ってやっと夫と対等の立場に立った倫、ほんとうは、もっと

腰ひねる聖観音の花衣　ふみ
　御掌に休みし番ひ蝶々　やすこ
ナオ
蜜袋悪戯パックは春を呼び　美奈子
　電話間違へ起る騒動　やすこ
夫と彼血液型は同じB　ふみ
　かじけ猫抱く庄造の膝　やすこ
こいさんと割りなき仲の稽古事　美奈子
　乱れの曲の乱れ乱れて　昌子
十一人子を育てつゝ歌の道　やすこ
　輪廻転生猟色往来　ふみ
夏の帯はらりと解かれ月の浜　昌子
　夜目にも光る胸もとの汗　やすこ
ナウ
深酒の果て老妻の三歩あと　昌子
　手切れ金にも足らぬ株安　ふみ
蕩けゆく花うす紅の鳥となる　美奈子
　朝寝の夢に聞きしジュテーム　昌子

平成十四年十月二十一日　首尾　於　池田やすこ宅

解放された甘美な言葉を言いたかったであろうに、「甘え」を許さぬ抑制の激しさと、それでも愛し愛されたいという憧憬の激しさとが、葛藤となって、この凄まじい「科白」になったと思った。

　円地を「日本のトーマス・マン」と絶賛する江藤淳は、この葛藤から円地自身の「奇妙に錯綜した心」の仮託を読み解く。専横な行友に象徴される父性へのエレクトラ・コンプレックスが根底にあり、「家」「制度」つまり「政治」への献身はストイシズムによってなされるが、かげには夥しいエロスを澱ませていると。

　更には「国家」という仮構への献身が、そうしなければ無秩序になるという理由でなされるという。倫の臨終の床での言葉は、「仮構への献身」の空虚さに対する自嘲である、そして、倫のかげに作者自身をおいているのだと、江藤氏は言うのである。

　だらだら坂を深い呼吸をつきながら、眼前の小さな家々に灯る杏子色の電灯の光の下に、つつましい調和と可愛らしい幸福を思う倫、でも、登り続けなければならない、登り続けなければ坂の上に出られないのだから……。

　それは後年、社会小説も鋭利な批評精神をもって書き続けた、円地自身の生きる「女坂」でもあった。

◇猫蓑会◇

源心『星喰らふ』の巻

鈴木美奈子　捌

星ばかり喰らふリラ冷え国境　鈴木美奈子
　片方だけの春の手袋　生田目常義
つちくれとみせて蛙の跳ねるらん　松本　碧
　末席にをり急な寄合　中林　あや
ウ
勲章もひさぐ質店月暑し　登坂かりん
　桜田門をぬける荒南風《はえ》　かりん
道問へば紙飛行機が背にあたり　常義
　青い少女とサーカスのビラ　あや
抑へてもふくらむ君の愛らしさ　美奈子
　増長天が踏みつけた邪鬼　碧
チャンスかもメディアを縛る縄を綯ひ　あや
　朝飯前に川向ふまで　常義
返り花韃靼の地は遠き夢　碧

神田古本屋街異聞

思いがけないタイムスリップが起きたのは、当誌（れぎおん）前号「現代連句への提言」特集の、伊藤哲子氏の文章に、ルイ・アラゴンの名を見つけた時だった。

すっかり忘れ去られたレジスタンスの詩人、アラゴン—それは遠い、遠い過去の駅……輝かしい光の束と、透明でピュアな風に包まれていたあの季節、たしかに一九五〇年代の半ばまで、アラゴンの季節と言える一時代があったのだ。

折しも、安東次男氏の訃報が伝えられた。氏の共訳による長編小説の『レ・コミュニスト』（通称レコミ）は、当時、争って読まれていた。氏はアラゴンの詩についての評論『抵抗詩論』も書いている。

『断腸詩集』の詩片の数々……なかんずく『リラと薔薇』は、パリが独軍に占領された後、レジスタンスの中から生まれ、多くの人々に愛された詩で、今でも暗誦している初老の旧青年もおられるほど。

無性にこの詩が読みたくなって図書館を回ったが、こんな古い詩集はどこも置いてない。なかば諦めかけて、

冬蜂もぐる粗壁の穴　美奈子
ナオ　目をつけた隙間産業社員増え　かりん
　つまらぬ嘘がするりすらりと　あや
可能性かなり怪しい地震予知　常義
　こつま南瓜味はひてみよ　碧
短夜を惜しみ尽してアマルガム※　美奈子
　恋の顛末また沸かしすぎ　美奈子
老医師が首を傾げる反魂丹　あや
　抽象的な二科展の像　碧
アーケード臥待月の射しこぼれ　常義
　鼻唄まじり中汲《なかぐみ》に酔ひ　かりん
ナウ　安東次《あんつぐ》男の訃報に胸の揺れやまず　碧
　昭和の轍残す刻印　常義
たっぷりと花のオーラが包む街　美奈子
　丸まってゐる嬰も仔猫も　かりん

平成十四年四月二十七日　首尾　於　新宿「滝沢」

※アマルガム＝原意ギリシャ語「柔らかい」から融合・合金

神田の古本屋街へ探しに………きっとK書店ならあるかも、とブラブラ歩いていると、当のK書店の手前の小さな書店のタグに目が吸い寄せられた。

　道路にはみ出してうず高く積まれた書籍に、びっしりと付けられた黄色いタグは、マジックペンで丁寧に書かれ、手作りの温かさがこもっていた。一枚一枚が活き活きとして、「僕を見て！」と言っているようだった。

「ああ、きっとここの古本屋のご主人は、本が好きで好きでたまらない人に違いない……ひょっとして」と思い、中に入って「アラゴンの詩集ありますか？」と聞くと、ご主人はうれしそうに、歌うような調子で「レコミは全巻あるよ」、「いえ、詩集を探してるの」ご主人は遠くを見るように指を上に向け「断腸詩集は先週売れちゃったけど、もう一冊、店入ってすぐの小さな棚にあるよ」………。

　ずばり、コクトー詩集とエリュアール詩集にはさまれて、その詩集はあった。金子光晴訳の『リラと薔薇』は、所謂、馬糞紙の黄ばんだ紙の上に、ピカピカ輝いていた。ありがとう、私はエリュアール詩集も一緒に買い、幸せな気分で店を出た。

　神田はいい、まだ花のオーラが残っている。

◇猫蓑会◇

歌仙『神を探せり』の巻

鈴木美奈子　捌

真昼間に神を探せり冬の雷　鈴木美奈子
　胸の鼓動に合はす雪踏み　峯田　政志
若人の台詞練習きりもなし　塙　純子
　シフォンケーキにシナモンのティ　棚町　未悠
四辻を黒猫よぎる月明り　梅田　實
　衛兵の立つ秋燈の門　美奈子

ウ

プリズンの跡地尋ねるそぞろ寒　政志
　めったやたらに落書をする　純子
おみくじを結んでゐるは中吉か　おおたけんのすけ
　荷物預かりはじまった恋　未悠
ドアの鍵開けておくわとメールして　實
　かぼそき腕で外す封印　政志
夏の月地図は苔むす宝島　渡部　葉月
　百年孤独癒す焼酎　けんのすけ
いつだって往生際が悪いのさ　純子
　借金取りを諭す大物　未悠
ひそと咲く花に至福の外雀　政志

智慧ことごとく黙したり

神ねむりたる天が下
智慧ことごとく黙したり
いざ起て、マルス、勇ましく……
（石川淳「マルスの歌」）

　サンデー毎日に連載されていた、辺見庸氏の「反時代のパンセ」が、改題して上梓された『永遠の不服従のために』からの引用である。

　「マルスの歌」は、国家総動員法が公布された昭和十三（一九三八）年に『文学界』に発表されたが、反国家的だとして同誌が発禁処分、石川は罰金処分を受けた。同氏は言う。内閣情報部や軍部と結託した「ペン部隊」に作家たちが続々と組織されていった時代背景を思えば、ほとんど無謀ともいうべき反戦的隠喩に満ちた「マルスの歌」は、砂漠の中の小さなカレーズのように、素晴らしく知的だと。

　そしてこれは、一九三〇年代や四〇年代だけではない、日本のいまそのものでもある……という思いを抱きつつ、かのチョムスキー氏をマサチューセッツ工科大学にイン

向ふ岸にも野遊びの人　實
ナオ　モンゴルの春真っ只中の朝青龍　美奈子
公邸の宴トプシュール弾く※　葉月
戦火越えわが古時計八角形　未悠
幽霊船は空き瓶の中　純子
解散の噂肴に雪見酒　實
屏風そそくさ隠すすが漏り　政志
シャガールの男と女弓なりに　葉月
一個の肉の饒舌な闇　美奈子
量り売り弁当たちまち売り切れて　葉月
脱学校のWebデザイナー※　未悠
雁の列甍の波に声落し　實
月に涙す国境の河　純子
ナウ　千振引く故郷忘れ難きこと　葉月
杖とハモニカ並ぶ教室　政志
抱き馴れしアンティークドール小さき靴　美奈子
だらりの帯に夢の絲毬　實
暮六つに急かされ渡る花の橋　未悠
草書行書と蝶のスキップ　けんのすけ

平成十五年一月十七日　起首・二月一日　満尾

※トプシュール＝アルタイ族の三味線に似た古楽器
Webデザイナー＝ネット上の企画・制作

タビューしたのだが、博士のデニムのパンツにスニーカーの足先で、軽く一蹴されてしまう。

　にべもなく愛想もないこの言語学者から、反照され気づかされたことは、肝心の自国権力とはろくな闘争もせず、その自堕落を反米論調でまぎらかし、自他ともに欺いていることだったと、同氏は周章狼狽しつつ自省しているのだが……。

　いま、眼前に進行している事態は、戦争というものはつくられるものである、というなんとも理不尽な、狂気のプログラムである。追いつめられ、追いつめられて、気がつけば「廊下に戦争が立っていた」という時代にならないとも限らない。

　静かな、穏やかなファシズムは、日常のそこかしこに立ちのぼってきている……自分の心のなかにひそむ自動制御装置のような怯懦が、それをまた許してしまう……。

『永遠の不服従のために』は、全篇、筆者の失意と焦慮と呻きに満ちたパンセである。それは、時代がファシズム、戦争に向かう時、真先に提灯を持つのがマスコミであり、大新聞の社説であったという、ジャーナリストとしての痛苦な反省なのだ。

　石川淳＝夷斎さんは、強くしなやかな連句を詠んだ。マルスは戦いの神、今こそ銃をペンに代えよう。

恋之歌仙『桜蒸し』の巻

前田圭衛子　捌

出奔のしんかんとあり桜蒸し　前田圭衛子
かすみ隠れに大曲《おほわだ》の川　姫野　恭子
たはむれの双つ蝶々風呼びて　松本　杏花
飾り釦は宝石のごと　鈴木美奈子
渇筆で好きですとのみ月明かり　三宅　繁代
露をあつめる背戸の足音　山本伽具耶

ウ

籾莚さびしからずや峡《かい》の妻　恭子
箪笥の鐶の抜け落ちしまま　杏花
待針のやうに素直な鳥になる　美奈子
ほろほろ酔うて恋ふる北限　繁代
修道女黒く小さく点々と　伽具耶
分娩室はいちめんの雪　恭子
松過ぎの月はいとしき印象派　圭衛子
わたしの砂地きらと光りぬ　美奈子
この臍のほくろも彼の紋所《もんどころ》　伽具耶
京終《きやうはて》まではあと八里ほど　恭子

残響三秒の間の可能性

鈴木美奈子

「残響三秒」とは圭衛子さん曰く、コンサートホールを建築する際の要諦なんだそうな。オーケストラの残響を吸い取り、次の音が出るまでの三秒は、これより長くても短くても駄目、もの足りないか或いは後の音と混じってしまう。連句の句と句の間とは、そのようなものだと。

まさに、連句とはこの句と句との漆黒の闇のなかで、修辞的可能性を極限まで追求して正しく「この句」を得る作業であり、言葉にまとわりついてくる歴史的因習を取っ払い、言葉そのもののエロス性を回復することであろう。

「コッタクウはあかん」と電話で言われ「コッタクウ？ソレ日本語デスカー」。五分ほどして「凝った句」と分かり、電話口の向うでは腹抱えて笑っている。江戸っ子としては、語尾はキチンと締めてほしいものである。とにかく一貫して「言葉を苛酷に扱い過ぎ。もっと、剥ぎ落して、うまい句よりいい句を」と言われ続けた。作為の勝った表現過剰から抜け出したのは、ウ8〈わた

花の飢ゑ花はぬくみを欲しがった　杏花
　やうやう言へて拾ふ紅貝　繁代
ナオ
弥生尽アダムの伏目愉しめり　美奈子
　鍵盤を這ふ時のいたづら　伽具耶
後家といふ後家追ひかけて不二の嶺　恭子
　綿菓子に似た雲が崩れる　杏花
逢へぬから心焦がれて染めもして　繁代
　荒ぶる指をフィードバックし　恭子
僧帽筋・仙骨・恥骨・アマリリス　美奈子
　あかがね匂ふ初蛍なり　恭子
犬死の兵には遠き海の部屋　伽具耶
　眠らんとして夜の人形　美奈子
汽車は往く恋には早き望くだり　伽具耶
　寄り添ってみる諏訪のおくんち　繁代
ナウ
初猟の獲物むなしく帰り来る　杏花
　姫野カオルコあんたにゃ負けぬ　恭子
体温で溶けてしまった膝枕　伽具耶
　レシピ見ながらバレンタインチョコ　繁代
晴朗とをとこ愛づべし花の雲　美奈子
　飛天奏でるうららかな午後　杏花

（文音）

平成十五年三月十二日　起首・四月三十日　満尾

しの砂地きらと光りぬ〉の句が治定されてから。〈きらと光りぬ〉という平凡な措辞がいい遣句にしているというコメントに、それまでの自分からなにかひとつ脱皮したように思われた。

　捌きは客観的に一巻を見渡していくためには、提出三句のなかで、必ずしも一番手の句を選ぶ必要はないということも今回痛感したことだった。

　ナオ1、私のイチオシは〈春尽ははげし叛徒の君なれば〉だったけれど、これだと、ウラまでのしっとりとした、やや、ネガの陰影がふっ切れない。ポジの画面にアクセルを踏むには〈アダムの伏目〉がよかった。〈フィードバック〉も三番手だったが、結果を見ると、〈荒ぶる指〉から〈夜の人形〉まで、壮絶なかつ哀切な展開で一巻のヤマ場。

　ナウの姫野カオルコの句には仰天。原句〈負ける〉だったのが、〈負けぬ〉に昇進してしまったそうな。

　心持ち頼りない船出と思われたこの一巻、終ってみれば、前田圭衛子捌きという魔術は、連衆をホットな興奮に巻き込み、みな佳句を生み出すため奮闘し、議論し、それぞれにとって、記念碑的な作品になったと思います。圭衛子さん、お疲れさまでした。感謝しております。

歌仙『陸奥は鉞』の巻

五吟付回し

妹尾健太郎
前田圭衛子
生田目常義
鈴木美奈子
沢　都

太古より陸奥は鉞《まさかり》吹雪けり
　しづくのごとき干菜吊る軒
貝殻に採取の年号書きとめて
　海漕ぎ出せば中空に星
月今宵土の匂ひの樽の底
　ケミカルタンク露霜となる　健太郎

ウ

刃物よりあやふし太刀魚落とすとは　圭衛子
　ぴちと跳ねては嗚呼といふ声　常義
かうされてみたかったのよととろけだし　健太郎
　どしゃぶりの雨止んで柔肌　都
いっさいを外して綺麗な身となれり　美奈子
　形代白き宇治のせゝらぎ　圭衛子
千年を経ても月影・草いきれ　常義
　ひいたら最後抜けぬ夏風邪　美奈子
鳥が居りしばらく行くと父が居り　都
　笑ひを残し消えたあの猫　健太郎
花びらに遊動円木なぜ揺れる　圭衛子

須走牛蒡事件始末記

鈴木美奈子

ほぼ一ヶ月間、文音歌仙が仕上がるまでに、連句人は概して好奇心とヤジウマ精神が旺盛なのか、いろいろな事件が持ち上がる。今回は曰く須走牛蒡事件。

発端は表6句、健太郎氏の提出句ながら治定されなかった次の一句にあった。

須走牛蒡そもそもはその　健太郎

「スバシリゴボウって何？」と新年そうそうびっくり。先ずは「浅学非才の身にぜひこのいわれを……」と辞を低くされる常義氏。「これはきっと〈ス〉の入った牛蒡のことでしょ……！」とは圭衛子氏と私。煮ても焼いても食えない……といささか発想が単純。遠い九州の都氏は「富士薊ですか？」とこれはかなり有望。

勝手な外野の侃々諤々にすっかり恐縮の健太郎氏から

オレンジジュース啜る午後二時　常義
ナオ
弥生尽ルオーの鼻に神を見て　美奈子
　老眼鏡で捜す針あな　都
方位磁石くるくる狂ふこの樹海　健太郎
　馬の字くづす君が代のため　圭衛子
寒の紅けざやかに引く内侍どの　常義
　涙ひとつぶ落す板の間　美奈子
日に一度さらはれさうになる私　都
　お洒落上手も化かすのは下手　健太郎
故郷へ浮世の傘を置きしまま　圭衛子
　ペンキ絵侘し昼の銭湯　常義
ファンキーなビートに月も顔を出し　美奈子
　ふらり薄が立ちし坂道　都
ナウ
松茸の灰をふるうて酒を待つ　健太郎
　旅の終りを告げる支払ひ　圭衛子
裏面も使はれてゐる閻魔帳　常義
　小鍋大鍋洗ひ場にあり　都
仰山の襟足ほそき花見舟　健太郎
　いくさなき地を祈る折雛　美奈子

（文音）

平成十五年十二月二十四日　起首・一月三十一日　満尾

「須走牛蒡事件・お詫び広告」

ご連衆各位

　弊社の試作品「須走牛蒡」により皆様には多大なるご心労をおかけいたしましてまことに恐縮でございます。『十七季』によりますとこれは「富士薊」と同類であり毒性はなく、またすでに別作品の治定により本試作品は反故として回収済みですので御安心下さい。今後とも弊社作品に御指導御鞭撻の程よろしくお願い申し上げます。

とのお心優しい広告（ご教示）で一件落着。
なんと「スバシリゴボウ」はれっきとした菊科の花、直径は10センチにも達する「富士薊」。ちゃんと東明雅・丹下博之・佛渕健悟編纂の『十七季』294頁に載っている。さすが『新日本大歳時記』（講談社）で研鑽されている都氏はご立派です。かくして旗色悪い猫蓑会の一員の私、深くお詫び申し上げます、との猛反省とともに「懺悔広告」を出すハメになった次第……。

◇環奈座◇

歌仙『夜の雪』の巻

鈴木環奈　捌

自分史に空白のあり夜の雪　　鈴木　環奈
　凍蝶とまる鍵盤の上　　古賀　一郎
三歳児九九を憶えて得意気に　　梅田　流水
　いっき飲みするアミノ酸水　　渡部　葉月
芋の葉の月の光に流されて　　玉木　祐
　学園祭に集ふ詰襟　　滝沢　三実

ウ

徒跣《かちはだし》喧嘩はじまる新走り　　峯田舎久利
　おきゃんといなせが鉢合せして　　一郎
父曰くセレブの外車は断れよ　　舎久利
　第二の性はぼろぼろになり　　三実
恋多き別れ上手の竜騎兵　　葉月
　喇叭の響き遠く消えゆく　　流水
夏の月こぼれて著き国境　　葉月
　冷やのマティーニ韓流の部屋　　祐
挨拶は片膝立てて畏まり　　三実
　下知を待ってる耳大き犬　　葉月
花大樹区画整理を生き延びて　　三実

呪縛の檻を越えて

昭和十年代の埋もれた詩人の像

くれがた廃墟のやうなこの村にも
蜜柑色の灯が点ると
風のやうに流れ出す葬列がある

ああ私はいつの頃からこの哀美《うつく》しい葬列を
　見るやうになつたのであらう……
くれがた焙絵《あぶりだし》のやうに浮ぶ銀色の葬列は
　ひつそりと跫音もなく、声も無し
私の心の村にいつまでも続く……

（昭和11年2月号『蝋人形』）

武蔵野の一郭にある「この村」には戦前から多磨全生園というハンセン病患者を収容している施設がある。この詩「葬列のあるくれがた」の作者は東條耿一、十五歳で発病し昭和十七年三十歳でこの園で亡くなっている。

春のショールを半額にする　舎久利
ナオ
釈尊は五頭身なり御身拭　環奈
　鏡抜ければ方舟の中　舎久利
ＯＰＥＣの原油あやつるトレーダー　葉月
　きらりと光るネクタイのピン　三実
数へ日の鍵師の束を括る紐　環奈
　み冬尽くとの慕はしきふみ　祐
火の島へ一足先に涙して　葉月
　鞄の奥にあしたばの種　舎久利
木場育ち漲る力多産系　三実
　十年ぶりのもんじゅ再開　環奈
鬼の子は月欲しがりて鳴きやまず　祐
　胡桃割る手をじっと見つめる　葉月
ナウ
敷物をキルトに仕立て秋小寒　舎久利
　ノンシャランとは爺さまのこと　三実
ＴＧＶ《テージェーヴェー》平日単身赴任族　環奈
　時にはぐれて夢にまぎれて　祐
花びらは誰が魂か花ふゞく　葉月
　木偶に遊べば笑ふ山々　葉月
（文音）
平成十七年一月五日　起首・二月七日　満尾　於　新宿「滝沢」

「いのちの初夜」の作者、北條民雄は彼の終生の友であり先輩であった。民雄の臨終を看取り、小指ほどの遺骨と民雄の日記を亡くなるまで隠し持っていたという。日記には、当時のファシズムと天皇制への批判が赤裸々に書かれており、園内の検閲を免れることは到底できなかったからである。幸いにも日記は耿一の妹が保管し神父らの手を経て今日、陽の目を見ることができた。

当時の絶対隔離政策は単なる医学的理由ではなかったであろう。逃亡させないための園内だけの金券使用や実質的な監房への拘束や断種の督励など、神国日本の「民族浄化」主義、いわば棄民政策であった。

知られない詩人、耿一の少年時代の写真は澄んで凛々しい。その詩は稚拙さはあっても純一な真情に貫かれていて印象的である。しかし十六年以降彼は詩を発表していない。そしてカトリック信仰の中に沈潜していく。

彼のわずか十年の詩作の時期とはまさに昭和史の語られざる空白の期間と重なり合う。文学者の戦争責任ひとつをとってみても論争の結論は今なお出ていない。

これが戦後六十年の現実である。

◇緑華亭連句会◇

歌仙『紺暖簾』の巻

坂本　孝子　捌

あたたかや蕎麦喰ひに入る紺暖簾　坂本　孝子
　房もたわわに揺るる藤棚　豊田　好敏
クインテット雛の櫃より洩るるらん　鈴木美奈子
　点景に描く犬と少年　原田　千町
鰻漁月の水路を分けゆけり　千町
　片肌脱ぎにますぐなる風　美奈子

ウ

鮮やかな堆朱の層を研ぎ出だし　千町
　針の穴から覗く下町　好敏
番台に坐れば僕のマリア様　美奈子
　十指に余る男遍歴　千町
旅先のすずめもなぜか顔見知り　好敏
　隣国からは威銃鳴る　美奈子
寝静まる捕虜収容所月斜め　好敏
　夢の中にはｉｋｒａ白粥　千町
シャガールの驢馬に跨り横っ飛び　美奈子
　シートベルトは着用のこと　千町

空と風と星の詩人
——伊東柱——

鈴木美奈子

伊東柱（ユン・ドンジュ）は韓国の国民詩人、今年没後六十年に当たり東京で集会がもたれた。敗戦の僅か半年前の二月十六日、当時同志社大学英文科学生であった。筑摩書房『現代文』教科書に載った茨木のり子の随想「空と風と星と詩」から彼の詩を引用してみよう。

　死ぬ日まで空を仰ぎ
　一点の恥辱なきことを、
　葉あいにそよぐ風にも
　わたしは心痛んだ。
　星をうたう心で
　生きとし生けるものをいとおしまねば
　そしてわたしに与えられた道を
　歩みゆかねば。
　今宵も星が風に吹き晒らされる。　（伊吹郷訳）

茨木のり子は〈二十代でなければ絶対に書けないその

仮の世を綴ぢつくろひし花衣　美奈子
　虻のまつはる広きげんげ田　好敏
ナオ
波の音哭くが如くに俊寛忌　千町
　茶席の正座すでに立てざる　好敏
口下手なシェフの見事な品揃へ　好敏
　狂気半分才気半分　千町
黒皮の手帳に記す君の名を　美奈子
　風疼くとき砂の発火す　美奈子
新宿の裏は女の冬銀河　千町
　フランスパンをバゲットと言ひ　好敏
サックスに老いを忘るる縞のタイ　美奈子
　身なりで人を測る業界　孝子
月中天抜井の底に浮かびけり　千町
　睡魔が児等に放つ虫の音　好敏
ナウ
招かれて酒呑童子の紅葉狩　千町
　少ない髪を活かす髪型　美奈子
法王庁保守革新のコンクラーベ　千町
　瞬時に終る家宅捜索　好敏
花吹雪三十六峰谷々に　孝子
　春の別れを告げる鳥影　美奈子

平成十七年四月十七日　首尾　於　緑華亭

清冽な詩風は、若者をとらえるに十分な内容を持っている。詩人には夭折の特権ともいうべきものがあって、若さや純潔をそのまま凍結してしまったような清らかさは、後世の読者をひきつけずにはおかないし、ひらけば常に水仙のようないい匂いがして薫り立つ〉と書いている。

夭折といっても事故や病死ではない。独立運動の嫌疑で下鴨警察に捕らわれ福岡刑務所に送られた。そこで中身のよくわからない注射を繰返し打たれ、最期は母国語で何事か大きく叫んで絶命したという。

ハングル語で詩を書くこと自体が大変な抵抗であった時代である。彼の詩は手紙と一緒に送られた友人が、甕に入れ地下深く隠して保存したため残ったという。

彼は抵抗の詩人であると同時にキリスト教徒であった。「生きとし生けるものをいとおしまねば」には「すべての死にゆくものを愛さねば」との別訳もあり、自らの死を予期しつつ殉教の志をもった青年であった。

主犯として逮捕されていた従兄の京都大学文学部生、宋夢奎（ソン・モンギュ）も三月十日に獄死。いずれも治安維持法違反の罪で服役中の死であった。

◇環奈座◇　賦物・謡曲

半歌仙『弱法師』の巻

鈴木　環奈　捌

夕顔に触るるや弱法師眉上げて　梅田　流水
　半蔀あげる羅の袖　滝沢　三実
槌ふるふ小鍛冶の烏帽子折るるかに　鈴木　環奈
　リズムを取りて歩み去る鷺　峯田舎久利
紅葉狩　野守の佇てる月の影　三実
　藍染川に爽籟を聞く　流水
ウ
高西風に妖かし叱る船弁慶　舎久利

【一口解説】

《弱法師》よろぼし…世阿弥実子の十郎元雅作
《半蔀》はじとみ…夕顔と一対になった作品
《烏帽子折》えぼしをり…義経元服にちなみ祝事に
《鷺》…六月の重習（別伝）の曲
紅葉狩の鬼女、野守の鏡をもつ鬼神など鬼の説話京女・梅壺にまつわる悲恋物。今も川に碑が残る観世信光作。壇ノ浦は冬十一月の五番目物
子を食う山姥と不老不死の菊慈童
《大原御幸》おはらごこう…女院とは青葉隠れの桜花
《通小町》かよひこまち…零落の老女究極の美
熊坂は烏帽子折の続編で牛若丸に切られる盗賊
《阿漕》あこぎ…殺生禁断の浦での密漁の罪
《放下僧》はうかそう…仇討ち物、瀬戸神社に碑
逢坂の関には琵琶名人に因む芸事上達の神社

山姥が追ひ菊慈童逃げ　環奈
女院へと大原御幸の後白河　流水
通小町に舎利となる僕　三実
熊坂が謀りごとする羅生門　環奈
阿漕ヶ浦に燗酒の月　舎久利
放下僧着ぶくれて待つ海士の小屋　三実
無賃蝉丸行くも帰るも　流水
クレジットカードで泊る咸陽宮　舎久利
ジグゾーパズル日永三笑　三実
嵐山花は観世の熊野の舞　環奈
胡蝶となりて夢の松風　流水

平成十七年七月五日　首尾　於　新宿「ルノアール」

《咸陽宮》かんやうきやう…秦始皇帝暗殺に失敗
《三笑》さんせう…晋代、廬山の麓の禅師との宴
《熊野》ゆや…宗盛に東の花（母の命）を訴える
松風物で海女松風・村雨と在原行平との情話伝説

□

観世五十年の経歴の持主、流水さんに謡曲の教えを乞わんと、珍しい賦物・謡曲の一巻に沸いた一夕。どんな曲でも、「これはね〜」とひと節口ずさんで下さる流水翁、姿勢もピンとして声も艶やか。

小野小町を題材した謡曲は七つ、『草紙洗小町』『通小町』『鸚鵡小町』『関寺小町』『卒塔婆小町』『雨乞小町』『清水小町』とあるが、中でも『卒塔婆小町』がその老衰落魄説話とともに一番魅力がある。深草少将の百夜通いというエピソードがあったればこそなのだが、今なおその凄絶な美を発光し続けているようだ。

◇緑華亭連句会◇

歌仙『垂水の魚』の巻

大窪　瑞枝　捌

花墜ちて垂水の魚と遊びけり　大窪　瑞枝
　風をはらめる春のスカート　鈴木美奈子
絵付けする素焼きの壺の暖かに　生田目常義
　しばらくぶりに珈琲を挽く　佐田　昭子
月光の溢れる道を帰る人　松島アンズ
　夜業に灯る市庁舎の窓　美奈子
ウ
押入れを空っぽにして冬支度　常義
　仮面ライダーふろしきを巻き　アンズ
子供とは素数のやうな宝物　美奈子
　ときめくたびに愛は生まれる　昭子
秘め技も噂となりし閨重ね　山嵜　一恵
　汗ふりしぼりラストスパート　常義
神宮の森暮れ行けば月涼し　常義
　太古の耳に何を聞きとる　美奈子
絶滅の動物図鑑重たくて　一恵
　あちらこちらがむず痒くなり　美奈子

花と風と魚と

鈴木美奈子

異様に美しい発句だと思った。

この日、四月一日の神代植物園の桜は満開、繚乱の白い花びらは真っ逆さまに墜ちて、水底の魚となった。

花墜ちて垂水の魚と遊びけり　瑞枝
　風をはらみつ春のパラソル　美奈子

当日の拙句の脇は、「花墜ちる」に呼応して「風をはらみつ」とし、そしてパラソルは「花の下」という結界にあって、人は原無縁（アジール）に帰るもの、を意味し、また発句に変身願望もあるか、と見たこともあった。

しかし、この発句にはもっと奥があったのである。決定稿の脇が「春のスカート」に直った理由は、5句目の月に障るということもあったが、私が驚いたのは、瑞枝

大入りの弥生狂言松嶋屋　アンズ
　だらりの帯に夢のかぎろふ　一恵
ナオ
キャンパスに皆で探す染卵　昭子
　区間特急私鉄新線　美奈子
一軒に耳鼻咽喉科眼科歯科　アンズ
　終相場は総立ちとなる　美奈子
偽メール政界揺する傀儡師　美奈子
　陰の女は美人でもなし　常義
ちょっと派手心の中はもっと派手　昭子
　奪って欲しい銃に掛けても　美奈子
オルゴール調子外れの「椿姫」　常義
　世界遺産となりし山城　昭子
怪童の誉れも高く育つ月　一恵
　肌寒ければ底なしに飲み　アンズ
ナウ
菊供養もってのほかの小鉢添へ　昭子
　逝きにし人は海の匂ひす　常義
定年を無冠で迎へＮＰＯ　一恵
　昆虫好きがいつか輪になり　瑞枝
武蔵野の空広くあり花大樹　常義
　黄砂うっすら積もるマイカー　アンズ

平成十八年四月一日　首尾　於　神代植物園

宗匠からのメールで、この発句が太宰治の『魚服記』（昭和8年「海豹」初出）に発想したものと教えていただいたことである。風をはらんだ「春のスカート」という生なましさは、「墜落の花」とはこの作品の主人公である少女が滝に飛び込み水死を遂げることとして、ぴたりと焦点が合うのである。

文壇に認められるきっかけとなったこの作品は、津軽に古くから伝わる「八郎大蛇の民話」に拠っている。兄に隠れてヤマべを平らげてしまった八郎が、その罪で川に落ち大蛇になるこの話は、この少女の耳に近くの滝の音がささやくように追憶の中に再現される。そして、父とのおぞましい堕罪の生を浄め、滝のなかの大蛇になったと嬉しがる少女は、実は小さな鮒になっただけで、しばらくは胸鰭をぴらぴらさせて遊んだあと、まっすぐに滝壺に吸い込まれていった。

発句と脇には、挨拶と応答というルールがある。劇的なつくりの発句も緊張感があって素晴しい。やはり桜の下には何かがある、と思い至ったことである。

◇環奈座◇

其角三百年追善脇起『夏衣』の巻

鈴木環奈　捌

乞食《ほいと》かな天地を着たる夏衣　其角
　水無月尽の海に吹く風　おおた六魚
彼方より干戈《かんか》のひびき届くらん　鈴木　環奈
　擦れ違ひたる長き橋の上　佐田　乙鳥
十六夜にシーラカンスの背も見えて　棚町　薊
　サフランライス炊き上がるころ　多村　遼
ウ
炉火欲しと言ひし人あり破れ笠　神野アリス
　楊枝せせりて開ける柴戸《しばのと》　はなだ紹夢
猫の夢十両ほどと甘えられ　六魚
　眠らぬ褒姒爪切りてやる　環奈
ベッドから落ちて笑はぬわちきです　乙鳥
　岬はいまだ昏く牡蠣船　薊
百八の鐘ちりぢりと月の影　遼
　こちらアメリカホワイトハウス　アリス
行く水の何にとどまるジャズの民　環奈
　♪《おんぷ》を弾く泡のそれぞれ　六魚

「其角座」再興を祝って

平成十八年の其角三百年忌を機に、「其角座」（江戸座）が再興された。土屋実郎氏が「其角座継承会」（加藤郁乎名誉会長）の推薦を受けて、其角座十二世を継承されることになった。美濃派、伊勢派が現在も健全なのに比べ、其角・嵐雪の流れをくむ江戸蕉門が途絶えているのはいかにも淋しかったからまことに喜ばしい。

乞食かな天地を着たる夏衣　其角

其角二十三歳の編『虚栗』の「我身」所収のこの発句。元禄のシュールリアリストと評される其角だが、「海面《うみづら》の虹を消したる燕かな」とか「梅寒く愛宕の星の匂かな」にも共通するのびやかな自由さのなかに繊細な個性が光っている。十六歳で鎌倉円覚寺の大巓和尚に預けられ、詩学や易を伝授されていた彼は、天と地のあわいにすでに「無」として立つことを決意していたのであろうか。

ナオ
花ならば盗っ人とても赦されよ　紹夢
　袂巻上げ稚児が凧揚げ　乙鳥
弥生尽十五から飲む酒の味　薊
　画賛の才に角を顕す　遼
引越しの駄賃にせよと幽霊図　アリス
　浮世の川に骨牌《カルタ》流せば　環奈
兜虫芭蕉に乗りて千早振る　六魚
　臍など押さえはたた神待つ　紹夢
耳すます螺旋階段登る音　乙鳥
　吉弥結びのほろり弛びて　環奈
あるときは異なる色を好むらん　遼
　滾る油に堕ちてやるわさ　紹夢
砂に消ゆパイプラインに黒き月　六魚
　思ひ思ひの無花果のパイ　薊
ナウ
小坊主の袈裟掛けてやる菊人形　紹夢
　晋子と雖も男の子でござる　六魚
年金を数へる指は骨太で　薊
　嵩む酒債を攫ふつばくろ　遼
シャガールの馬連れて行く花見客　乙鳥
　かくれのねえと太平の春　環奈

平成十八年七月一日　起首・九月三日　満尾

この『虚栗』の時代は「天和調」と言われるが、芭蕉を中心に其角・嵐雪・杉風など江戸蕉門の重要メンバーが集まっており、来るべき蕉風俳諧を胚胎しつつあった青春の時代であった。その「共同幻想」の演出者として其角ほど適任者はいない。

環奈座ではドロナワ式其角入門という訳で付句の合間のトークも愉しく、賑やかに勉強に励んだ一巻である。賦物という訳ではなかったけれど、其角の面影を追っての本歌取りの句も多く次の通り…

なきがらを笠に隠すや枯尾花
此木戸や錠のさされて冬の月
闇の夜は吉原ばかり月夜哉
蚊をやくや褒姒が閨の私語
百八のかねて迷ひや闇のむめ
行く水の何にとどまるのりの味
十五より酒のみ出てけふの月
雨蛙芭蕉に乗りて戦ぎけり
山城の吉弥むすびに松もこそ

◇環奈の会◇

歌仙『寒夕焼』の巻

鈴木環奈　捌

住み古りてまた今生の寒夕焼　環奈
　瞬き初めし数へ日の星　瓢箪
狂詩曲識者の瞳鋭《と》きままに　乙鳥
　一本道をバスにゆっくり　祐
ウ
リュックには松茸飯も入ってる　沙絵羅
　桂男の遊ぶ影踏み　銀杏
函数の迷宮開かぬ冬隣　まち
　美女Xの通信傍受　六魚
瞑りて甘きカクテル口移し　星ノ介
　キャリアの上司怖い一途さ　どんぐり
いかものをやってみるのは度胸いる　流水
　右に左に回路つないで　環奈
峰入りほら貝渡る朝の月　瓢箪
　如法《にょはふ》暗夜茜貫く※　乙鳥
ブッシュさん何時までイラク抱へ込む　祐
　藪の二羽より手の内の鳥　銀杏
大空に舞はせてみたい花の精　沙絵羅

成り代わる愉しさ

今回の環奈座ネット歌仙「寒夕焼」の巻は総勢十二名、連衆は一人を除き各々個性的なハンドルネームをもっての登場である。

こういう句を詠む人はてっきり男性に違いないと思っていたら、満尾後本誌に掲載するに当たって「実は…」とメールをいただいてみると女性であったりする。「役者やなァー」と感嘆すると同時に、此処に連句の面白さが潜んでいるのだと頷いてしまう。連句とは演劇的な想像力の産物、非日常の何者かに成り代わる楽しさに他ならず、ネット連句のもつ匿名性がこの演劇的想像力をさらに増幅させてくれるからだ。

遡って十三世紀、自然発生的に生まれた笠着連歌は、編笠に顔をかくし作り声をして色々な作り名を書かせたという。この点、ネット連句と共通するものがあって愉しい。ネットという笠を被ることで、日常の有縁の世界

ナオ
　潮騒のふと止みて長閑し　まち
解纜の胸に広ごる春の夢　舎久利
　しかと取り持つ薩長の縁　星ノ介
どんなことでもグーグルに相談し　どんぐり
　あの三代目に教へたらどう　流水
冬欅やさしき梢と力瘤　環奈
　嫁っこを待つ雪の曲屋　瓢箪
シャンシャンと貴男とわたし鈴が鳴り　乙鳥
　凱旋門賞狙ひ敗れて　祐
散《ばら》売りの飴も巴里の味がする　銀杏
　よく知ってるねこんな抜け道　沙絵羅
月の部屋七つ道具を繰る鍵師　まち
　うんすんかるた西鶴忌とて　六魚
ナウ
はららごを抜かれし魚のさびしさよ　星ノ介
　密かに通ふ予約植毛　どんぐり
お蔭様でプリンスの役もやりました　瓢箪
　朝は欠かさず西式体操　流水
狛犬の口に一片花吹雪　祐
　暮春の茶店流すじょんから　乙鳥

平成十八年十二月二十七日　首・十九年二月五日　尾

※如法＝仏教語より転じてまったく、文字通りの意

から無縁の世界にワープする。

　この笠着連句が持っていた本質をＩＴ時代の今日に活かそう…と、氏姓をつけずそれぞれの俳号だけで掲載してほしい、という申し入れに編集長から快諾。さすが「れぎおん」、仮面（ペルソナ）とはパーソナリティ（人格）なり、が認められたようで嬉しいことである。

　又ネット連句の愉しさは、変った新しい語をめぐって蘊蓄を傾けてのトークである。今回、「如法暗夜」の句では、寝るのを忘れて四字熟語データで調べたら出てきた話、『大菩薩峠』にも「如法闇夜の巻」が在りとか、「うんすんかるた」ではギャラリの方から販売している京都の店の紹介、「じょんから」も仏教から来た一種の念仏…とか数えれば切りもなくレスが飛び交うのである。

　「一期一会の結縁の場」の連句、自律性と共同性の交差点であり、言葉の想像力と創造力から生まれる興奮状態は加速され、そして「宴」となって終幕を迎える。この快い達成感、「挙句の果」とは実に言い得て妙と思う。

◇環奈の会◇

歌仙『夏の色』の巻

鈴木環奈　捌

風渡る故情の川や夏の色　六魚
　梅雨の晴間の遠きお囃子　環奈
掛けかへてテーブルクロス綾織に　葉月
　ミネストローネ野菜たっぷり　みち
月読みの男が見せる力瘤　沙絵羅
　菊人形の媚微笑み　六魚
ウ
墓の名をひそと呑みこむ秋の果　環奈
　ビターの効いた酒が美味しい　葉月
今日こそは想ひ告げんと眉を引き　みち
　変化球ならちょっとかはさう　沙絵羅
じれてゐる千坂兵部の胸の内　六魚
　美国にて候あはれ民草　環奈
尖りゆく霧氷の列に月の光ゲ　葉月
　毛糸編み棒動き鮮やか　みち
忘れ得ぬジャン・ルイ・バローのピエロ服　沙絵羅
　四頭立ての馬車過ぎる路　六魚
花の渦さくらさくらと吹かれゆき　環奈

佃リバーシティー見聞記

　ほぼ半世紀ぶりに都心に戻り、ここ佃島に転居して四ヶ月になる。発句の「故情の川」はもちろん隅田川のこと。俗にこの辺りでは大川。永代橋を抜けると佃島にぶつかって勝鬨橋へ向う隅田川と、江東区に繋がる相生橋へ向う晴海運河に分かれる。

　この分岐する尖端がなぜか「パリ広場」と名づけられているのがおかしい。もっともカフェテラスのそばを遊覧船が行き交っているのが、セーヌ川の景色と似ているのかも。最近、共同通信の研修センターが建ち、全国の新聞一ヶ月分が揃っていていつでも読むことができる。

　「雪降れば佃は古き江戸の島」（北条秀司）と歌われた佃島の驚くべき変貌は、昭和39年に20億をかけて完成した佃大橋に始まる。島はいまや陸続きになったのだ。

　私の幼い頃の記憶にある佃島はハイカラな聖路加病院脇から渡し船で行けば、そこは不思議な異界だった。

　「渡しに乗って東京に行く」というくらい、東京にあって東京でない、ヨソ者は入れないといった独特の地

そろそろ穀雨欲しき里山　葉月
ナオ
姫虻の接戦制す一人区　みち
　哲学の煙上げるノンポリ　沙絵羅
〈近頃の若い者は〉と古文書に　六魚
　鳴き砂泣かす誰が笛の音ぞ　環奈
夕凪てマリア観音祈る民　葉月
　百日紅咲く緩やかな坂　みち
肯《うべな》へば不意に激しくいだかるる　沙絵羅
　不惑となりて惑ふ夜と昼　六魚
ギアレバー握れば鳥の顔をして　環奈
　北北西は方違へなり　葉月
ひょんの実を好む先師の肥後訛り　沙絵羅
　大草原に月の円やか　みち
ナウ
鋼打つ心はげまし冬隣　六魚
　行きつ戻りつ無為の空間　環奈
ばーばはネいつもうとうとしているヨ　葉月
　窓辺静かに揺れるカーテン　みち
花満ちてぼんぼん時計鳴りにける　沙絵羅
　豆粒となる畑を鋤く影　六魚

（文音）

平成十九年六月五日　起首・八月二日　満尾

域だったことは出久根達郎の『佃島ふたり書房』によく書かれている。大逆事件で死刑になった菅野須賀に魅せられ、スイチャブなる隠語の社会主義文献を収集する『ふたり書房』の主人公は、佃島の隣り月島に住む橋本夢道の句集『無禮なる妻』を愛読していた。

　雪ふる水のおもてを渡される

佃の渡しを歌った自由律の句だが、凄いのはやはり代表句にして世界最短の俳句、

　うごけば　寒い

昭和16年、俳句弾圧事件で逮捕され二年間の獄中での句である。「共同に生きつらぬく文学」を目指し、民衆の体温そのものの徳島出身の俳人であった。

月島はまた単独の「試行」の詩人、吉本隆明の故郷である。彼が幼い娘にうたう『佃渡しで』はとても美しい。

〝橋という橋は何のためにあったか？
　少年が欄干に手をかけ身をのりだして
　悲しみがあれば流すためにあった〟

かつて水に囲まれた砦のような佃島、川は生と死を映す一切だった。

麻布十番秋祭・笠着連句

世吉『踊る手の』の巻

鈴木美奈子 捌

踊る手の彩る月の麻布かな　鈴木美奈子
　秋撫子を飾る丸髷　式田恭子
とんばうの迷ひ入りたる奥の間に　鈴木了斎
　茶筅ゆるりと回すひととき　山本要子
これぐらゐあればいいなと初任給　林 鐵男
　母へ御礼の品も決めてる　倉本路子
桃色と水色の縞好みです　伊藤哲子
　キューポラの丘冬の虹立つ　永田吉文
ウ
一つ目の神祀りたるたたら祭　鈴木千恵子
　伝法肌が泣きべそをかき　横山わこ
たまさかに仇は奴と見栄をはる　本屋良子
　コロラチューラの高鳴りしまゝ　西田一枝
何泊にしますかレンタルビデオ店　大島洋子
　三万円で沖縄の旅　青木秀樹
風立ちてざわわざわわと夏の月　松島アンズ
　金魚掬ひの袂ぬらしぬ　上月淳子
ご隠居は煙管をぽんと叩きゐて　良子
　未来を酌みし初孫と酒　横井士郎
バイオマス石油不足を補へる　山田政利
　富山の薬やってくる頃　わこ

笠着連句のパフォーマンス性

夕刻ラッシュ時の麻布十番駅は今年から黒字に転じたという大江戸線だけあって、サラリーマンや若い娘たちでごった返している。メトロを上がりお囃子のなか麻布十番温泉の角を曲がると、会場の居酒屋「たぬ吉」はすぐそこ。賑やかなことがお好きだったなァ…と十八年前この麻布十番笠着連句を立ち上げた和子宗匠を懐かしく思い出した。今年はもう七回忌になる。

現在は娘の恭子さんが立派に引き継いで、毎年八月に勧進元をつとめ賑々しく興行されている。

今年の十番祭の笠着連句については、本屋良子さんが美濃派の会誌『獅子吼』十月号に詳しく紹介されているが、なんと第一回のときの歌仙「秋祭」の表六句に拙句が採られていた。

歌仙「秋祭」　捌・式田和子

亜麻色に暮れて十番秋祭　式田和子
　櫓太鼓に新涼の月　佛渕健悟
枝豆を籠にたっぷり茹で上げて　中川 哲
　算数国語せかす宿題　穴澤篤子

舞ひきたり縄文よりの花だより　中村　ふみ
　蜂の巣のあり戸袋の中　佐々木有子
ナオ
春日傘お下げの髪の上下して　間　佐紀子
　夢二絵はがき港屋に買ふ　洋子
凛と見ゆ衿元白き青道心　峯田　政志
　迷ひのもとはケータイだなも　近藤　蕉肝
嫂をマルセイユまで追うてゆく　哲子
　毛皮に包む熱き乳房よ　有子
冬薔薇その名心に埋むべし　哲子
　おほつごもりに打ち鳴らす鐘　良子
ひび割れの地球なれどもいとほしく　洋子
　干潮時には現るる温泉　秀樹
歴代の王の希みは不老不死　アンズ
　蓬莱山てふ饅頭を喰ひ　一枝
メタボリックメジャーの赤く残暑なり　千恵子
　寄木細工は満月をのせ　ふみ
ナウ
ぴいぴいと座敷わらしのひょんの笛　アンズ
　南部曲家馬とごろ寝を　千恵子
じゃんけんに負けて一本あんず飴　路子
　幼なじみとハローアゲイン　有子
割引きでエコの新車を契約し　わこ
　訓示をたれる社長会長　恭子
花の世に水のいのちの永かれと　美奈子
　あこや貝秘め深き海底　哲子

平成十九年八月二十四日　首尾　於　麻布十番「たぬ吉」

沓脱ぎに野良猫いつもかたまれる　雑賀　遊
　バルキーセーター手首すっぽり　鈴木美奈子
（平成二年八月二十四日首尾　於・ブルーペティⅡ）

「こう暑くっちゃ脳ミソも流れそうだね」と団扇を使う哲さんの浴衣姿は実にいなせ、そしてゆったりと粋な和子宗匠。この江戸前の「いなせ」と「粋」の丁々発止の掛合いが駆出しの木偶坊には眩しくて素敵だった。

さて、今年の「たぬ吉」の座敷には次々と総勢二十三人が集まってきた。料理や酒が運ばれ祭りの気分が盛上がる喧騒の中、笠着連句「世吉」と句相撲麻布場所が同時に進められる。

このところ毎年、捌を仰せつかっているのだが、今年はいつもと違う、ノリがいいと捌きながら感じた。即興でこれだけエネルギーが統合されるには、連衆皆さんの言語能力の高さ、瞬発力が本物だからに他ならない。それと日頃の鍛錬が物を言う。お陰さまで世吉一巻、四時間で巻上げ、校合も一・二句直したもののほとんど原句通り。

笠着連句とはパフォーマンスそのものだ、と実感した夜であった。

◇神楽坂連句会◇

歌仙『極楽寺』の巻

鈴木美奈子　捌

秋立つや海見ゆる日の極楽寺　鈴木美奈子
　露座の大仏照らす夕月　倉本　路子
肘までも汁したたらせ梨剥きて　遠藤　央子
　塗の小皿に添へる黒文字　佐々木有子
バロックをシリーズで聴くiポッド　青木　泉子
　八つ手の花も少し笑ひぬ　泉子

ウ

狐罠にかかってゐるかもしれぬ頃　央子
　先刻ご承知肯きし嘘　路子
僕の髭見詰めないでよそんなにも　有子
　ブラッシングにつける卵白　山本　要子
パリ仕込みグレード示すコック帽　泉子
　けちけち旅行隠す香水　有子
月涼し燻る蚊遣火ゆるやかに　央子
　ごとんとボトル落とす自販機　路子
名画座にポップコーンがよく似合ふ　有子
　長き桟橋苦力の列　要子

極楽寺姥ヶ谷のデンケン先生

「ええ、散歩されているのをよくお見かけしたわよ！」と受話器にYさんのお元気な声が響いた。猫蓑会の長老、もう八十歳を越えられていて、私が「歩く鹿鳴館」とお呼びしている20世紀の歴史の生き証人のような方。

「西田幾多郎のごとく冬帽掛かりたり」という橋閒石の面白い句に詠われた西田幾多郎は京都大学時代、学生から「デンケン先生」の愛称で慕われていた。鎌倉の姥ヶ谷に家を持たれたのは昭和八年で、一年の半分ずつを鎌倉と京都に過ごされたという。

戦時中、姥ヶ谷の山荘に疎開されていたYさんは、十徳のような和服で、坂道の谷戸を抜け稲村ヶ崎の海岸へと散歩されるデンケン先生をよく見かけたそうである。

「一度逢ったら忘れられないような美人がいつも付き添ってらした」と言うYさんによると、この女性は画家の有島生馬の娘さんで、母上は原田熊雄の妹。原田は、西田が一年間だけ学習院大の教授として在籍した当時の教え子で後に京都大学に入学、晩年に至るまで親しい間

さい果てに花爛漫と咲かす夢　泉子
　そよりと風の過ぎる弥生野　路子
ナオ
畑返す土塊黒く発光す　要子
　誰にも一度輝ける時　有子
襤褸の子ピエタの涙に洗はれて　美奈子
　待ち侘びてゐる半島の春　路子
高校生物理五輪に優勝す　央子
　アルキメデスの入る風呂桶　路子
ビーチパラソル中は死角で視えません　央子
　ＡＢＣのＤでどうだい　泉子
爪をたて野生の声の消えてゆく　美奈子
　座敷わらしが袖をひっぱる　要子
馬の居ぬ南部曲家月皓々　有子
　西洋牛蒡のサラダお代り　要子
ナウ
新しきものはよきかな今年酒　央子
　団塊世代山も動くか　泉子
ビートルズ世紀を超えるクラシック　有子
　祈りの鐘を鳴らせディンドン　路子
防人のふるさと偲ぶ花の雲　美奈子
　揚がるひばりの点となりゆく　要子

平成十九年八月二十日　首尾　於　鎌倉別邸ソサエティ

柄であった。西園寺公望の秘書であった原田との繋がりは晩年の西田にとって或る意味深さを感じさせる。

　戦争末期の現実のなかで、「醒めた苦悶」に呻吟しながら「東洋と西洋とが一つになった世界文化の形成」を悲願しつづけたが、偏狭な国体論者や日本精神主義者からは攻撃の対象にされていた。日本の近代化は覇道ではなく王道で、と願う心は漱石や孫文などと同じであった。

　西田の死は、残念なことに敗戦まで後二ヶ月あまりの六月七日のことであった。この直前、九鬼周造の墓碑を揮毫している。これがとてもいい。ゲーテの詩「旅人の夜の歌」を自ら訳している。

　見はるかす山の頂
　梢には風も動かず鳥も鳴かず
　まてしばしやがて汝も休はん

　故郷の七尾、そして鎌倉の海を愛した西田は海に世界を感じ、世界に内在する自己を問い続けた。その思想的苦闘の最期の夜に「待てしばし、やがて汝も休はん」と歌う旅人の声がきっと聞こえていたと私は思う。

脇起歌仙『やわらかなもの』の巻

――月島探訪記念――

衆議判

やわらかなもの纏うごと花ふぶき　橋本　夢道
　宙《そら》に対《むか》って戯《じゃ》れる猫の子　梅村　光明
砂浜はちりめんじゃこが一面に　赤坂　恒子
　女将人気の老舗居酒屋　伊藤　哲子
リズムよき太鼓に月も顔を出し　鈴木美奈子
　励む夜学に拗ねるパソコン　恒子

ウ

弁当は完熟林檎丸齧り　光明
　何か失いそうな予感が　美奈子
御家流水茎の跡うるわしく　哲子
　古今集から贈る恋歌　光明
政所《まんどころ》はなれ露台に仰ぐ月　恒子
　水神祭河童面付け　哲子
おどけては涙ひと粒こぼしけり　美奈子
　避ければ飛んでくるよ跳炭　恒子
討入りの日と知り心高ぶりぬ　光明
　晋子の夢は大杯の中　美奈子

夢道のこと

鈴木美奈子

橋本夢道の名を初めて知ったのは、一昨年プレ徳島国民文化祭の時だった。哲子さんと私を迎えてくれた光明さんの運転で吉野川沿いに「藍の館」を訪ねた時、恒子さんが「これ読むといいよ！」と薦めてくれた本が『桃咲く藁家から』なる徳島出身の夢道の伝記だった。

一読、夢道の句はこれが俳句？と仰天するような破天荒な句でいわゆる無季自由律。そして治安維持法による〈京大俳句〉弾圧事件（昭16）に続く、『俳句生活』などの俳人十三人の一斉逮捕に連座して二年間の獄中生活を送ったプロレタリア俳人の夢道。夢道の本は図書館にも置いてない。地元の月島図書館ならと行ってみたら、年配の職員が「夢道さんの本なら五冊あります」と嬉しそうに地域資料の棚から出してくれた。

一九五四年刊の第一句集『無禮なる妻』は二十代から一九五四年まで詠んだ四千句から選び編年体で編集されている。すべて昭和の底辺を生きた民衆の姿、生活をそのまま詠っていて胸を打たれるが、同時にそのへこたれ

ナオ
吉原の柳と桜舞いあがり　哲子
　絵凧描くにも手鎖のまま　光明
ロボットが菜飯とお茶を運び来ぬ　恒子
　零細業の科学者の気宇　哲子
「蟹工船」初版に高き値のついて　美奈子
　未来見えない祖国凍てつき　恒子
恩返しするのも忘れ鶴渡る　光明
　無伴奏チェロただ青き空　美奈子
ひと恋うるいずれの方と知らねども　哲子
　苦しき思い堪うる幸せ　光明
年金消えた訳には呆れはて　恒子
　モーニングティーハーブ色色　哲子
有明に街の鼓動のはじまりぬ　美奈子
　発願胸に秋遍路発つ　恒子
ナウ
ゴーヤ棚窓を覆いてエコライフ　光明
　ミニサイクルのペダル軽やか　美奈子
坂下り左に折れて図書館へ　哲子
　微笑み誘う洒落た彫刻　光明
花の森霊美しく清められ　恒子
　象の太郎と遊ぶ永き日　哲子
（文音）

平成二十年四月五日　起首・九月九日　満尾

ない明るさ、人の良さに元気づけられる。この句集のタイトルとなり、終生の恋女房だった人になんと、

　無禮なる妻よ毎日馬鹿げたものを食わしむ

と戦後の飢餓状態をあてつける、このユーモア！

　左の有名な獄中句にしても、壮絶だが暗くない。

　　うごけば、寒い

　この頃、同じ東京拘置所に入っていた秋元不死男（当時は東《ひがし》京三）は、序文の中で〝じっさい夢道の句は、この「よき人間にふれる」という暖かさに充ちている〟と書き、たまたま看守のミスで床屋で出会い、お互い鏡のなかで豆腐のように顔をゆがめて笑い合ったエピソードを紹介している。こんな風な無口な表現は俳句に酷似するという彼と夢道のみが獄中句を残したのであった。

　夢道が住んでいた月島を歩いてみたい、と言う光明さんと恒子さんをご案内。西仲通の「哲ちゃん」でもんじゃ焼のあと、モダンなスペイン倶楽部で歌仙がはじまった。光明さんが選ばれた脇起発句は、一九四九年の、

　　花、風を迎え何の秘密もあらざるなり

にはじまる花吹雪という連作のなかの一句である。

◇環奈の会◇

テルツァ・リーマ『イタリアの空』の巻

鈴木　環奈　捌

イタリアの空思ふべし青時雨　鈴木　環奈
川辺に開く額の紫陽花　おおた六魚
木立ゆく二人の影は見え隠れ　渡部　葉月

おわら祭りでじゃれて諍ひ　滝沢　みち
本堂に細く差し込む月明り　六魚
古酒を酌んではつまむ焼売　庭野　銀杏

発車ベル駅の階段駆け上がり　みち
名探偵のほっと吐く息　葉月
ほらも吹く火の番小屋の里訛　環奈

短日に読む日本霊異記　棚町　未悠

俳諧テルツァ・リーマの試み

去る六月、イタリアにおいて、ボローニャ大学主催の「詩人の港」というシンポジュウムが開催され、日本からも近藤蕉肝氏を団長にしてこれに参加された。

海外での連句への関心は年々高まりつつあるが、このときに仄聞して絶句したのは、テルツァ・リーマの代表作であるダンテの『神曲』を連句にしたいという壮大な計画がイタリアで話題になっているということ。連句は「三句のわたり」という「3の律」で動いていくので、三韻律のテルツァ・リーマとは親近性があるのではないかと感じてはいたが、なんと…!

ソネット俳諧とテルツァ・リーマを先進的にリードされている鈴木漠氏が徳島新聞に書かれた「日本詩の押韻」には、一九三一年（昭6）に同名の論文を発表した九鬼周造が、日本語による脚韻がいかに可能であり有意義であるか、そして日本語の母音構成はラテン語やイタリア語に類似するので日本語でも十分に脚韻詩は書けるのだ、ということを情熱を込めて主張されていることに

荷風散人変身ポーズぴたり決め　みち
　ハートを狙ふ弾道兵器　未悠

なにもかも君の為さと優しき目　葉月
　運動会の二人三脚　みち
月に泣く翁媼とかぐや姫　銀杏

　木の実落つよな首相才《ざえ》なく　みち
よく聞けばコロボックルのスピーチで　当麻　綾
　田舎芝居も勧善懲悪　六魚

代官と抜荷の相談する揉み手　銀杏
　柔東風に乗るバルーン軽やか　葉月
汚染なき地球を祈る花の垂《しで》　綾

　てふてふ追うて湖までの坂　みち

（文音）

平成二十年六月八日　首・七月十八日　尾

注目され、九鬼の衣鉢を継ぐ者が現れなかったことを残念に思う、と述べられている。

　九鬼によれば《押韻は音響上の遊戯だから無価値だと断定するのは余りに浅薄な見方である。我々は祝詞や宣命の時代における「言霊」の信仰を評価し得なくてはならない》そして、韻とは、音の繰返しによる音と音との偶然的出会いを実現させることであり、そこに宇宙的音楽を聞きとることであるという。つまり九鬼の「押韻論」は「偶然性」の哲学である。この「偶然性」も、連句が句と句の間という広大無辺の無の「場」から生まれる、「可能性の遊び」に興ずる文芸であることと結びついていて愉しい。

　掲載のテルツァ・リーマ「イタリアの空」は二音綴―GURE→KURE　SAI→KAI　のように二つの母音の応和で構成されている。連句の付け合いと韻の両方に気配りするのはかなり大変だが、言語の無尽蔵の可能性を信じていきたい。

　ソネットやテルツァ・リーマが認知されつつある昨今の状況を、京都・法然院に眠る九鬼周造の墓に報告に行っておきます、と漠氏からのお葉書が届いた。

◇解纜の会◇

本宝塚『翼の跡』

鈴木美奈子 捌

月

人の背に翼の跡や初嵐 美奈子
玻璃に鏬入るごとき月光 真紀
烏瓜どこに打たうかピリオドを みどり
サイドベンツのしなやかに揺れ 哲子
舞踏会手帖にその名ありしこと 野老
漆黒の髪指に捲きたる 紀
薔薇挿して青髭男爵登場す 哲

星

こはれやすきを愛でる空蝉 紀
御簾の紐もつれて猫は罪作り 野
つま先にひと触れてときめく み
スターダストSP盤の掠れよし 哲
ナッシュビルまでヒッチハイクで 紀
踏み切りを渡り酒場へ寒鴉 み

優しきダンディズム

昨年の五月例会から伊藤哲子さんに誘われて解纜の会に参加。

その日は、ジャズ連句でお名前は存じ上げていた小原洋一さんが四月二十四日に亡くなられたことへの追悼に始まった。氏は「解纜」創始者のおひとりという。

席上、真紀先生から見せていただいた「解纜」創刊号のページを繰っていくと、発句は小原氏の歌仙『チェーホフよ』の中に、先生のこんな句が…

ロルカの詩集共に読みしか
かなしみの角を曲がれば花の店

突然、六十年代にフラッシュバックしたような衝撃。あの時代の青春が熱く共有していた感情に揺り戻された。「それが俺と何の関りがあらう? 紅の戦旗が」で始まる

一家眷属揃ひ太箸　哲

雪

雪の下大地は油田孕むらん　哲
　神は不在か戦熄まざる　紀
「さくら隊」墓碑に香華を手向けけり　野
　時の傷痕埋めるララバイ　み
後の雛幼なじみは疎開っ子　哲
　微醺の妻は吾亦紅とぞ　野
霧の夜は古今恋歌くちずさみ　紀

花

　さまざま試すサプリメントは　哲
宇野千代は死ぬ気がしないと言っていた　奈
　わたし丸ごと可燃物です　紀
捨て切れぬ過去の残滓よ山笑ふ　み
　エイプリルフール仇な付け文　野
余り生《よ》は狂うて花のスケルツォ　奈
　地球の表皮めくる貝寄風　哲

平成二十年八月二十一日　首尾　於　杉並セシオン

『新古今断想―藤原定家』は、熱心な詩の愛好者でない私でも好きな安西均の詩である。「花も紅葉も見えぬ」時代の過渡期の軋み、それはまたスペイン戦争の悲劇の詩人へと思いを馳せていくのであった。

さっそく買い込んだ「安西均詩集」。『花の店』で詩人は、多くの心を捨てて花を見るのは最もよいと歌う。それはかなしみのなかに見えすぎる心を抱くこの詩人の優しきダンディズムであろうか。

終生の酒友だった安西と小原さん、きっと天国で心ゆくまで談論の日々でしょう…

（新形式）

宝　塚…七句で一連、三連で一巻。各連は宝塚の組名にちなみ、雪・月・花を詠みこむ。またタカラジェンヌにあやかり各連に必ず恋の句を詠む。

本宝塚…同様にして、雪・月・花・星を詠みこみ、四連とする。

新宝塚…雪・月・花・星・宙の五連とする。

◇環奈の会◇

歌仙『おるごおる』の巻

鈴木　環奈　捌

朧月ぐわらりと廻るおるごおる　鈴木　環奈
　ケープに香る銀葉アカシア　おおた六魚
雛の客スポーツカーを飛ばし来て　棚町　未悠
　例の抜け道連るる愛犬　滝沢　みち
いつの間に腹式呼吸習慣に　渡部　葉月
　あえいおうえあ部室夏めく　新谷　楽々
ウ
閑古鳥ちょっと拝借君の巣を　武藤　叶う
　人徳かなぁ泥棒の才　環奈
道鏡の粋なプランの惜しまるる　六魚
　吐息の王妃ティアラ落して　未悠
倫敦の塔より投げし冬薔薇　みち
　撮影狙ふ幾望冴えざえ　葉月
昨夜泣いた子にまんまるのケーキ焼き　楽々
　赤鬼君は人間が好き　叶う
貰ふのも貰はぬもへん給付金　環奈
　司教の僧衣綻びを縫ふ　六魚
トラップ家国境を越え花の春　未悠

廻る舞台の銀座の柳

「月も朧に白魚の、篝火も霞む春の空」に始まるお嬢吉三の七五調の名台詞が耳に残っていた。歌舞伎座さよなら公演の「三人吉三巴白浪」大川端の一幕を見終わって、外へ出ると銀座の灯が眩しく明るい。

　朧月ぐわらりと廻るおるごおる

の発句は、回り舞台のような三人の吉三の巡る因果とこの聴きなれた台詞からできあがった。連れの未悠さん、一巻の進行中は「吉三」を名乗るという入れ込みよう…。

脇句には都会的でお洒落な「銀葉アカシア」が付く。たしか以前、みゆき通りの街路樹には「エンジュ」という札が下がっていた。「ハリエンジュ」ならば俗称「ニセアカシア」だという。今はヒトツバタゴ（別名・なんじゃもんじゃ）の若木がきれいに並び、モクセイ科の落葉樹で五月頃には小さな花をいっぱいつけるというので楽しみにしている。

「銀座の柳」は実は、中央大通りにはない。この通りは家康が参勤交代のために造ったときの道幅と変っていないそうだが、柳の代りに今は樅の木を低く円錐形に刈

ナオ

日記始めに秘めし決心　みち
橅の森入江に漁場育みつ　葉月
　只今ソナーテスト中です　楽々
ロボットのアームは虚空を掴まんと　叶う
　神様までのいぢわるな距離　環奈
手妻つかひ姫のへんげの蜘蛛を飼ひ　六魚
　麦嵐には硝子戸を閉め　未悠
ＡＴＭ振り込め詐欺の注意書き　みち
　風邪気味なんだと優しげな声　葉月
抱かれたいムーミンパパに似たひとに　楽々
　炎えたつやうに赤とんぼ群れ　叶う
回転扉抜けて私は秋の色　環奈
　良夜に数ふ懐の銭　六魚

ナウ

秋刀魚焼く煙に昭和匂ひたつ　未悠
　ノーベル賞に笑まふ科学者　みち
とろとろとアルファ波出る右脳なり　葉月
　万愚節よし酒汲むもよし　楽々
くるり舞ひ小さき踊子落花して　叶う
　飛行船浮く麗らかな空　みち

（文音）

平成二十一年二月十七日　起首・四月二十四日　満尾

り込んで植えられている。銀座の柳は、首都高速寄りの「西銀座通り」（外堀通り）に並び、銀座柳まつりの幕が張られているが、「銀座柳通り」という名の通りはこれと銀座一丁目で交差して細く走り、平行して「銀座マロニエ通り」も走っている。

　柳は潮風に弱いので植替えが必要らしく今は何代目かの柳のようだが、「銀座の柳二世」という明治七年から生き延びてきた柳が、都の歴史的建造物に指定されている「泰明小学校」の門前に残っている。そばには「島崎藤村　北村透谷　幼き日　ここに学ぶ」という碑が立ち、南フランスの貴族の館の門扉が取り付けられた洒落た小学校である。

　泰明小が面しているみゆき通りをずっと下っていくと文芸春秋社別館のあたりで並木通りと交差する。ここの並木はリンデン（菩提樹）でさすが名前のごとく美しい。「織香留」という名だったか、二階の喫茶店で柱時計のように大きなオルゴールがそれこそ「ぐわらり」と廻って、窓からは季節の街路樹が美しかった昔のことを思い出す。

　最近その名も「銀座並木通り合唱団」（混声）に参加、泰明小学校をお借りして鍛えられている。

◇猫蓑会◇

第三起　胡蝶『葉をおもみ』の巻

登坂かりん　捌

オモテ
葉をおもみ夏はうごかぬ柳哉　里村　紹巴翁
　露涼満晩籬　直江兼続公
荒城に詩を吟ずれば反響《こだま》して　東條　士郎
　書生風情の学ぶ法律　登坂かりん
月の夜は籠のインコも瞬かむ　久保田庸子
　星の祭はいまプレリュード　鈴木美奈子

ナカ
阿佐ヶ谷へ扇置きかぬる母の恋　かりん
　薬指にて紅を調へ　士郎
触れよかし君ゆるやかに髪束ね　美奈子
　吉凶いづれただ付いてゆく　庸子
騒ぎ立つ川は大河に合流し　士郎

ロマンチックな詩人　直江兼続

鈴木美奈子

NHKの大河ドラマ「天地人」は十一月二十二日に終了したが、捌のかりんさんにとってこの一年間は、ちょっとした興奮状態。主人公・直江兼続のルーツであった上田衆の末裔とあって思い入れもひとしお深い。

私の方は、兼続の莫逆の友で戦国末期の傾奇者・前田慶次郎を主人公にした『一夢庵風流記』（隆慶一郎著）のかねてよりの愛読者。いつ登場するか、とかりんさんと期待していたが、結局ドラマは石田三成・真田幸村といったスターどまり、兼続や慶次郎がいかに好学の士であり、抒情詩人でもあった側面は描かれずに終ったのは残念であった。もっとも史実によれば、江戸鱗屋敷で死んだ兼続がなぜ米沢なの？と首を傾げた人もいた筈。

ともあれ、戦国時代の武将に連歌の名手が多く輩出したが、特に兼続は漢詩文、和漢聯句に優れていたと、「れぎおん」誌64号の『直江兼続と寄合の文芸』のなかで、鶴崎裕雄氏は書かれている。

「葉をおもみ」の最初の発句・脇は、文禄の初め頃、

毘沙門堂に泥足の跡　かりん
嚔《くさめ》して噂の主がすぐ浮かぶ　庸子
枯蟷螂のあの赤き眼が　美奈子
童謡も森繁節は間を利かせ　かりん
昭和も遠くなりにけるかも　士郎
抱かれて異次元へ翔ぶ月の舟　美奈子
草の香のふとよび醒ます愛《マソ》　庸子

ウラ

謀将の自己滅却の身に入むよ　かりん
袂に酒を零さるるまま　士郎
千代紙の函に蔵ひし金平糖　庸子
アンモナイトも春めいてくる　美奈子
花明り点字の楽譜光り初め　士郎
朝寝の客をゆり起こす猫　かりん

（文音）

平成二十一年五月三日　起首・十二月六日　満尾

京都の臨江斎里村紹巴邸での和漢聯句百韻からである。

葉をおもみ夏はうごかぬ柳哉　紹巴
露涼満晩籬　兼続
山西看雨過　西咲
空のまかひの月ほのかなる　玄旨

西咲（西笑）は、秀吉の死後、上杉に叛意ありと因縁をつける家康の代理で詰問状を書いた相国寺の僧侶その人であり、玄旨は三条西家より古今伝授を受けた有名な武将・細川幽斎藤孝のこと。文禄の頃とは、秀吉が朝鮮に兵を送った七年にわたる戦争のさなかであった。家康と並んでもっともこの戦争に非協力的であった上杉景勝は、彼の地で迎えた文禄二年（一五九三）正月に連歌の会を催し、早くもこの年に帰国してしまう。

最後に死期近い兼続がその澄んだ心境を歌った漢詩を

独在他郷憶旧遊　独り他郷に在って旧遊を憶う
非琴非瑟自風流　琴に非ず瑟に非ず自ら風流なり
団々影落湖辺月　団々影は落つ湖辺の月
天上人間一様秋　天上人間一様の秋

◇環奈の会◇

歌仙『少年の日』の巻

鈴木　環奈　捌

少年の日のいくばくぞ真桑瓜　おおた六魚
　てんたう虫の詩ふ手のひら　鈴木　環奈
道しるべ桃源郷を示しゐて　棚町　未悠
　方位時計をちらと眺める　渡部　葉月
誰が猫に鈴をつける役望くだり　池田　ミエ
　ポンと弾けて火の中の栗　新谷　楽々

ウ

お手前は宗匠ゆづり風炉名残　寺野　童子
　湯銭の釣を耳穴にはせ　六魚
一生を棒にふりさうささめ言　環奈
　敵のスパイにぞっこんになる　未悠
ジャズバーのマンハッタンのビル谷間　葉月
　ヒール響かせ影のさえざえ　ミエ
月連れて来たと夜さりの寒見舞　楽々
　帰国やむなし官の命令　童子
青春をひとつ消し去る銅鑼なりて　六魚
　昭和の馬の光る涙よ　環奈
虐殺の多喜二の背に花吹雪　未悠

「七五三」の日の出来事

十一月十五日は高幡不動尊・金剛寺で「其角座」主催の連句会に参加。この日の苑内は紅葉が美しく、七五三の親子連れで賑わっていた。

脇を「七五三（しめ）祝ひ」の季語で句にしたが、なぜ「七五三」を「しめ」と振るのかが分らない。そう言えば、注連縄も七五三縄？　不思議……と思いつつ帰宅して、ふと折しも当月は歌舞伎座が顔見世興行の「仮名手本忠臣蔵」、この公演プログラムのコラムの一つに「七五三」というタイトルがあったのを思い出した。

七五三

口上人形が引込むと、天王立ちの鳴物に合せ「七五三の柝を打ち、幕が開くと「七五三の置鼓」になる。床の浄瑠璃の前と間にトーザイ、トーザイと「七五三の東西声」を掛ける。師直、若狭之助、判官はそれぞれ七五三の呼吸で人形身から人間に戻る。儀式を重んじた演出だが、昔は七五三の大道具も

ナオ
遥かな野辺に仰ぐ初虹　葉月
碧眼の司祭の憩ふ春暖炉　ミエ
欲しけりゃ持ってけ銀の燭台　楽々
セーヌ川遊覧船はけふも行く　童子
お茶とケーキでねばる二時間　六魚
画面から希少品種のだぼ鱚が　環奈
顔見世興行漢字にはルビ　未悠
たくみなる捩《ねぢ》り捩《もぢ》りの千鳥足　葉月
壺中の天に遊ぶ妙薬　ミエ
うふふふふキスもベッドもスリリング　楽々
湖面の狭霧消えて有明　童子
菊の酒したく調ふ老いの席　六魚
秋の名残の一節切《ひとよぎり》吹く　環奈

ナウ
稲光タイムトンネルひょいと抜け　未悠
目を覚ましさうティラノサウルス　葉月
水晶の玉にあしたの君たちが　ミエ
みんなちがってみんないいのさ　楽々
稜線を薄くれなゐに花霞　葉月
おたまじゃくしを掬ふ畦道　童子

（文音）

平成二十一年七月八日　起首・八月三十一日　満尾

作ったことがあると狂言方の竹柴蟹助氏が書き残す。

（後略）

ええっと目が釘付けに……竹柴蟹助は四年前に亡くなった猫蓑会酒友の古賀一郎さんの父上、歌舞伎座近くの新富町に住み柝の名人、無形重要文化財の方。息子でTBSのプロデューサー、「私は貝になりたい」の助監督を務めた一郎さんは又、その薀蓄の豊かさも伝説的だった。生きていらしたらきっと、「七五三というのはね」と童顔を崩して嬉しそうに解説してくれるだろう。

少年は死すべし蟇は歩むべし　一郎

少年の日のいくばくぞ……と詠う六魚さん、昭和の子の私たち世代は、敗戦後の激動の歴史、さまざまな運動の高揚と挫折を共有してきた。苦い自虐の思いもあるが、でも……死んでこそ生きられる……いつまでも少年の心を持った蟇で力強く歩いていきたいと思う。

はからずも蘇った一郎さん、七五三の日の嬉しい出来事だった。

◇環奈の会◇

胡蝶『カンタービレの』の巻

鈴木　環奈　捌

オモテ
冬薔薇カンタービレの雨を聴く　鈴木　環奈
　庭石一つ春を待つ色　おおた六魚
紬織るばったんぎいいと切りもなし　棚町　未悠
　じゃれつく猫を足で払って　はなだ莉由
月おぼろ倦怠感の押し寄せる　もりともこ
　菜飯茶屋にて魅入る横顔　渡部　葉月

ナカ
若緑慕ふ心はまっすぐに　滝沢　みち
　荒ぶる神のみちびきの侭　環奈
マントルの響き地中に呻き出し　六魚
　野外演奏ハードロックで　未悠
お絞りを鉢巻にして粋な奴　莉由

天使のように風のように

年末の風物詩といえば第九シンフォニー…とテレビを観ていたら、合唱団のなかに大人にまじって少年少女の姿がある。東京少年少女合唱隊の隊員で合唱指揮者には長谷川久恵の名も…ここで、私の記憶はぐるぐる回転、半世紀以上も前の中学生時代まで遡っていった。

当時は六・三制の新制中学で校舎も二つの小学校に間借り、高島屋デパートを間に挟んで授業ごとに行き来していた。そんな俄造りの中学校に音楽講師として赴任されたのが、久恵さんの父上の長谷川新一先生だった。先生はこれまで誰も手をつけなかった本格的な少年少女合唱を開拓された先覚者で、従来の童謡歌手の発声とはまったく違う頭声発声を取り入れた高度な音楽教育の指導者だった。

今から思えばこの発声法の理論と実践の実験台だったような感じもするが、ボーイソプラノ十人と少女十人の選抜メンバーに運良く入り徹底的な訓練の結果、ＮＨＫ合唱コンクールで全国第一位を獲得することになる。合

口先だけで渡る世の中　ともこ
円朝の「無舌居士」とう号もらひ　葉月
英語に訳す被爆者の声　みち
海に佇ちて残る蛍の悲しさよ　環奈
厨の闇に南瓜黙せり　六魚
抱擁のふたりを包む十三夜　未悠
モナムゥモナムール行かないで嗚呼　葉月

ウラ

かの折の高支持率などはや夢に　ともこ
あらまほしきは世継榾《ほた》とぞ　環奈
盛り上がる千秋楽の大一番　みち
はっと息のむ空中ぶらんこ　葉月
花々の詩を聞き過ぐ橋いくつ　六魚
河豚供養して交はす盃　未悠

（文音）

平成二十二年一月七日　起首・二月三日　満尾

唱音楽の原典はバッハ以前の音楽であることを指導理念とされていた先生が、コンクールの自由曲に選んだのはヘンリー・パーセルの「吹き鳴らせ」。ポリフォニーでスタッカートが長く続く、アカペラの曲である。トランペットが森に響くような明るく透明な声でなければならない。私の声は音色が暗いというので、先生のお宅まで行って特訓を受けたが、顔面の前半分が共鳴で震えるぐらい鍛えられた。

「ソプラノは声さへ出ればなんとかなるが、アルトは聖母マリアからカルメンまで表現する力がいるから大変だ」とか「悲しみの曲を表現することは自分が悲しみにのめり込んではできない」とか教えられてきたことが、今、連句でぶつかる表現の問題にも通じている。

３の律や序破急、内なるシンフォニーが連句の流れと結びついていくとき、「座」のダイナミズムは神の手に押されるように走り出す。この醍醐味に支えられる限り連句の生命は尽きることはない。

「道徳的行為はそれがあたかも自ら生ずる自然の結果であるがごとく見えるとき初めて美しい行為となる」

（シラー「カリアス書簡」）

◇中央連句会◇

歌仙『大呂庵』の巻

土屋　実郎　捌

雪に遊び梅に遊びぬ大呂庵※　藤井　弘美
　名を撫でてゐる孫の合格　土屋　実郎
馬の仔の馬塞《ませ》に鼻面すり寄せて　鈴木美奈子
　海鳴り響く丘のベンチに　弘美
月を浴び掛け声高く手操る網　実郎
　ひしこ鰯を焙る厨辺　美奈子

ウ
横額に六歌仙あり鉦叩　弘美
　浮世捨てても恋は捨て兼ね　実郎
ほだされてあやふく父になるところ　美奈子
　引出物には古九谷の皿　弘美
新聞に塾の広告ずっしりと　実郎
　女優志願や剣士志願や　美奈子
たそがれの五月富士なり月仰ぐ　弘美
　印を結んで滝行の真似　実郎
鳩の巣にまた新党のクニオさん　美奈子
　車寄せにはエコの車が　弘美
花の雲家郷和やか事もなし　実郎

水のまちの記憶

鈴木美奈子

中央連句会は毎月第三火曜日に中央区にある産業会館で開かれている。この辺りは両国橋の袂。むかし薬研堀と呼ばれ、千葉方面に向う大通りを渡ると隅田川に入るほんの手前の神田川に小さな柳橋が架かっている。

　春の夜や女見送る柳橋　子規

はじめて柳橋が架けられた元禄11年（一六九八）。今の橋は昭和4年、永代橋のデザインを取り入れて竣工、欄干には芸者衆の簪のレリーフが施されている。橋のほとりに何軒か船宿が残ってはいるが、往時の花街の面影は遠い記憶の中に消えているようだ。

この柳橋を見ると今はない稲荷橋や桜橋という同じデザインの小さなアーチ橋が思い出される。埋め立てられた八丁堀（桜川）に架かり、桜川は亀島川に合流するとすぐに隅田川へと注いだ。稲荷橋は寛永年間の創架、広重の浮世絵にも描かれているが、昭和2年に関東大震災の復興橋梁として竣工した。

かつて中央区は水のまちだった。縦横に走る掘割と小さな橋の思い出は懐かしく住民の心のなかにしまわれて

ナオ

春融誘ふ古き琴爪　美奈子
日帰りで都踊を見に行かむ　弘美
　連句の会もあるぞ落柿舎　実郎
縦と横森羅万象つづれ織　美奈子
　経文石を夜咄にする　弘美
鰭酒も廻り肴も残り薄　実郎
　次郎佐狂はす八つ橋の笑み　美奈子
君と往く死への旅路は着飾りて　弘美
　下手な将棋は待ったばっかり　実郎
月は今潮かなひぬと王《おおきみ》は　美奈子
　螺鈿の箪笥そぞろ寒げに　弘美
命より重きものなり蘭の鉢　実郎
　メゾソプラノで歌ふメサイヤ　美奈子
伯父さまの少し弾めるお年玉　小長谷敦子

ナウ

　女正月スィートとりどり　弘美
外出して必ず一つ忘れ物　実郎
　下萌あたりぽっと明かるし　美奈子
いくつもの吊橋かかる花処　敦子
　雀の子らも押しくらまんぢゅう　弘美

平成二十二年二月十六日　首尾　於　中央区立産業会館

※大呂庵＝新潟市内にある北方博物館のワークショップ

いたのだが、先日、中央区が主催した「シンポジューム～水のまちの記憶」は、会場の床に座り込むほどの参加者で溢れ、大変な盛り上がりようだった。

パネラーの川本三郎氏は「川と橋はじつに絵になるんです」と昭和30年代の成瀬巳樹男監督らの映画をたくさん紹介。そして明治政府の「東京を水から陸へ」の機能主義に逆らうように《すみだ川》を残した永井荷風は、旧幕派の典型であると、氏の言である。

別の講師は隅田川第一橋梁の永代橋、第二橋梁の清洲橋は日本の近代橋梁の先駆けであり、アーチ橋、吊橋、トラス橋など中央区は近代橋梁の宝庫とか。この近代とは震災復興時・昭和の初めの頃、鉄道省の技術者を中心として、明治の装飾美とは違う構造美の追求、用・強・美の三位一体の追求の結果がこれらの復興事業としての橋だった。

確かに今次大戦後の橋は、佃大橋にしてもただの桁橋で機能主義の典型、永代・清洲・勝鬨橋・南高橋などのように愛着が湧いてこない。

中央連句会を代表される土屋実郎さんは、この隅田川の水運事業に携わってこられた方。この事実ひとつだけでも歴史的宝庫の方なのです。

◇解纜の会◇

テルツァ・リーマ『六月の花』の巻

鈴木美奈子　捌

六月の花みな白き驟雨かな　美奈子
　硝子の街を叩く筒鳥　真紀
小鼓の合図の印うれしやな　わこ
けもの黙《もだ》せり胸内《むなぬち》の檻　秋扇
瞠けば狂気瞑れば正気の秋　将義
灯籠流し君が手を取り　千晴
いざよひてこの橋越すをためらひき　哲子
　旅の終りの美しき「はやぶさ」　紀
粛々と飲んで騒いで憂国忌　晴
凧帰るところないとさ　義

アテネ派それともスパルタ派？

「六月の花」…丁度五十年前の安保改定阻止統一行動のデモのさなか、六月十五日に樺さんは亡くなった。

樺さんとは特に交流はなかったが、一度だけデモの際レポを組まされたことがあった。司令塔の幹部から「女性のレポは、〝大変です！警官がいっぱい居ます〟といった主観主義的な報告が多くて困るんだよね」と注意があったときの彼女の対応が今もはっきり印象に残っている。慎ましく、控えめながら断固とした口調で「それは女性一般に対する偏見ではないでしょうか？」この大真面目に司令塔氏はヤラレタ…と苦笑。

ジェンダー論争は安保の後五年ほどして盛んになる。女性一般が公然と差別されていた時代、このテの挑発の

普天間の水槽昏き回遊魚　扇
　介護夫婦の老いのきびしさ　わ

伊東静雄忘れまじ春のいそぎよ　紀
　ミモザの房ににほふ弦月　義
潮干狩ＩＱ高くどっこいしょ　わ

　園児あまたに染《うつ》る知恵熱　哲
神父さま仏蘭西訛下駄をはく　同
　百八の鐘小間に聞きつつ　晴

獅子頭脱ぐや青空限りなく　義
　わが身世に古る長き尾のごと　奈
花婿はきぬぎぬの歌成しがたく　紀

　東の雲に山の鳴る音　扇
平成二十二年六月十七日　首尾　於　セシオン杉並

ウラには案外な好意が隠されているところがミソ。

　私は入学そうそう、「アテネがスパルタに敗北したのは、スパルタでは女子の教育は音楽と体育が主でこれは強い兵士をつくる為。女子に頭を使う学問は不要」と宣う主任教授に鍛えられてきたが、この教授が敬虔なクリスチャンであり、朝鮮独立運動を支援するなどリベラルであったことが、後年、葬儀のときに語られていた。

　日本史専攻だった樺さん、きっと冷静で緻密な史料分析にたった学究に、そして常に女性一般を代表して偏見と闘い婦人解放の先頭に立っていたに違いない。

　早すぎた死が今更ながら惜しまれる。

巴里の夕月

九月十七日コラ・ヴォケール没　享年九三歳。

一九二一年生れという説もあってこれでは九十歳になるが、どうやら本人が年齢をひたかくしにしていたとか。日本でのシャンソン、戦前の大ヒットは「聞かせてよ愛の言葉を」で戦後は「枯葉」なのだそうである。

「枯葉」ならイブ・モンタンと思われがちだが、創唱はヴォケールがラジオで流したという説があり、昭和四九年頃購入したカセットテープはヴォケールで入っている。しかも「録音が非常に古く音質があまり良くありませんが、その歴史的価値により収録されております。」という嬉しいお断りがついているので、どうやら信憑性もありそう。モンタンの唱い方に比べると、より文学的というかデリカシーが感じられて好感がもてる。

彼女の「モンマルトルの丘」もいいが、なんと言っても「桜んぼの実る頃」が感動的。作詞者ジャン・バチスト・クレマンはパリ・コミューンの闘士で、

◇中央連句会◇

歌仙『万緑や』の巻

鈴木美奈子　捌

万緑や心の鍵を忘れをり　鈴木美奈子
　高揚感に決めし通し矢　松田　三枝
城下町流るる風のおだやかに　速藤尹希子
　季の折ごとにメール交換　前田　曜子
幼らに月踊り出るアラベスク　三枝
　指揮棒振りか蟷螂の斧　美奈子

ウ

菊人形若き龍馬のすくと立ち　曜子
　袖引く女子あまた随へ　尹希子
どこまでも堕ちていきます地獄まで　美奈子
　ウィンク送るをとこ尻軽　三枝
港から港へ渡り豪華船　尹希子
　凩のなか巴里の夕月　曜子
鐘冴ゆる古本市の店仕舞　三枝
　いつもの酒《ヤツ》に旨か塩嘗め　美奈子
語り部の機織るつうに涙して　曜子
　煎じ薬の効き目あらたか　尹希子
花を踏み遊行ひじりのほがらかに　美奈子

春告鳥に応ふ吊橋　三枝
ナオ
返りみる昭和は遠きみどりの日　尹希子
空つきぬけしすめろぎの声　曜子
ラジオから切なく聴くはサキソホン　三枝
めくるカードに賭けるチョビ髭　美奈子
渡航費は澳門《マカオ》の汗に貢がせて　曜子
夢のひと夜は虹の浮橋　尹希子
うなじより真白き蛇のぬめらかに　美奈子
恋のほむらにメルトダウンせる　三枝
リリーフはイブの横顔きはだたせ　今村　苗
逃れやうなき重き原罪　小長谷敦子
繊月の森鎮もりて哭く獣　尹希子
筋子をしこむ婆のこだはり　美奈子
ナウ
小面と擦れちがひしか秋祭　三枝
利鞘を稼ぎ逃げる素早さ　尹希子
節電とエレベーターへはそっと乗り　美奈子
ほっけの太鼓だめ元で打つ　三枝
弓取りの力士の肩に飛花落花　敦子
ビバ日本と笑ふ山々　苗

平成二十三年五月十七日　首尾　於　中央区立産業会館

私はいつまでも桜んぼの実る頃を愛する
あの時から　この心には
開いたままの傷がある

の第四節は、コミューン崩壊後、「一八七一年五月二八日日曜日、フォンテーヌ・オ・ロア通りの看護婦、勇敢なる市民ルイーズに」という献辞とともに彼女に捧げられた。

マルクスの『フランスの内乱』の訳者・木下半治も《パリ・コミューン史を繙いて胸をうつことは、婦人労働者の果敢なこと…》と序に書いているように、七十二日という短いコミューン最後の血の一週間での死者三万人以上のなかに多くの婦人労働者や子供たちも含まれていたであろう。

ヴォケールがマルセイユ生れというのも、この曲にふさわしい。パリに先駆けること一年前の八月、すぐに鎮圧されてしまったが、市庁舎を占拠してマルセイユ・コミューン成立。共和主義揺籃の地であり血でもあろうか。

ラ・マルセイユーズもまた大革命の一七九二年マルセイユから進軍してきた義勇兵が歌っていた曲であった。

桃李歌壇―歌仙の部屋

歌仙『業忘れめや』の巻

鈴木真奈　捌

過ぎ行きて業忘れめやこの春の　重陽
　瓦礫に一樹ひかる芽吹きよ　真奈
斑雪野へ救助に向かふ医師ありて　丹仙
　鬚も剃らずに続く奮闘　笑
見上げればことに優しきけふの月　茉莉花
　地酒利酒杯もとりどり　敦子

ウ

ふるさとの真っ赤に熟す林檎の香　悦子
　はしご外され庫裏でしくしく　シナモン
面影に胸騒ぐなり疼くなり　梶
　アルバム古き剥ぎとりし痕　重陽
賭けてみよ残余のリスクも恋なれば　真奈
　消せぬ却火は想定の外　丹仙
仏法僧月の夜鳴く森深み　笑
　葦の屏風を抜けるそよ風　茉莉花
鍵しまふしきりの多き旅鞄　敦子
　どのドア開ける悩むアリスよ　悦子
みちのくに城残りたり花の雲　シナモン

フクシマの現実と向き合うとは…

福島はいまや「フクシマ」と括弧付きとなった。

数ある「原発本」の中で、開沼博著『「フクシマ」論原子力ムラはなぜ生まれたのか』（青土社）は、まだ大学院生の著者ながら福島生まれ、郷土への愛惜をこめての分析はとても読み応えがある。特異な原子力ムラの分析の目的を著者は〝接近しようとしたのは、戦後日本の地方の姿であり、そこに見て取れる近代の服従と支配……今日みられる地方の自動的かつ自発的な服従の歴史的形成過程だった〟と書いている。

かつて原子力ムラは貧しかった。ムラのある福島県双葉郡は「東北のチベット」などと云われていた。中央―地方―ムラの構図のなか、地方とは中央とムラを媒介する例えば知事とか地方議員を指すが、この地方―ムラは明治以来の中央集権体制には相対的自律性・独自性を保っていたという。

しかし、戦時下から戦後改革にかけて、新たな形の中

たたなはる山かをる若草　梶

ナオ

坦々の日々を思ひて暮れ遅し　重陽
老いたる貘もリセットの夢　真奈
フクシマを福島とせむエンゲルス　丹仙
自然法爾の大きてのひら　笑
取り分けて融通の利く葱鮪鍋　茉莉花
子育て中の雪女郎らし　敦子
久々に鏡を出して紅をひく　悦子
抜衣紋して呉るるながし目　シナモン
名にし負ふ手練手管を擲ちて　梶
蒲はお魚《とと》もここは方便　重陽
土下座する男のうへに月高く　丹仙
オンブラ・マイ・フ沁むるやや寒　茉莉花

ナウ

遠けれどあれはひょんの実吹ける音　笑
濃い目に入れてプーアル茶飲む　悦子
おとなりもそのお隣も助け合ひ　敦子
紙といふ紙千羽鶴へと　梶
モノクロの心和むる花の色　重陽
凧やはらかに笑ふをさな児　シナモン

平成二十三年四月二十日　起首・平成二十三年六月八日　満尾

央集権体制が形成される。戦中の「総力戦」と一見相反する戦後の「民主化」は、ともに地方やムラを「国のために」と国家の体系に動員する過程であった。そして、中央の必要性に応じた変化を、必ずしも一方的に強制されてではなく、時には自ら望みながら遂げていった。

　地方―ムラは原子力を進んで受け入れ、地域開発の夢、「子や孫のため」愛郷の実現の夢を見ていた。そして同様に中央の〈原子力ムラ〉の見た夢は、核燃料サイクルによって自国内での資源確保を実現、エネルギーを他国任せにせずに安定成長できるということであった。

　九十年代以降はどうであったか。

　媒介者の地方を介せずに、ムラそのものが自動的かつ自発的に服従する存在へと変化した。原発をおきたい中央とおかれたいムラが共鳴し強固な原発維持の体制ができあがっていた。

　上野千鶴子は言う。

　〝原発は戦後成長のアイコンだった。フクシマを生み出した欲望には、すべてのニッポンジンが共犯者として関わっている〟と。

◇中央連句会◇

歌仙『やげん堀』の巻

坂田　武彦　捌

秋惜しむ句筵続きしやげん堀　坂田　武彦
　ビルのあはひに仰ぐ半月　臼杵　游児
今年酒くぐるのれんに顔現れて　鈴木美奈子
　野球の経過すぐに聴く癖　登坂かりん
番台の親父の声はよく透り　今村　苗
　びくりともせず眠る灰猫　彦
ウ
取り出すは昨日買ひたる懸想文　游
　触れそで触れぬ気がかりな距離　奈
間違へし座席が縁でゴールイン　ん
　グレンミラーのリズムうきうき　苗
打掛けの鬼手はなんと王手飛車　彦
　しとどの汗を拭ふハンカチ　游
月見れば国を憂ひてどぢやう鍋　奈
　長屋住ひの抜けられぬ武士　ん
大型の画面二枚目強い髭　苗
　夜の盛り場静寂不気味に　游

さよなら薬研堀

鈴木美奈子

平成五年以来、ここ隅田川は両国橋のほとりで毎月例会を営んできたが、来月から新橋の新会場に移ることになったので、愛惜をこめての「やげん堀」の巻。捌きの武彦さんは土屋実郎代表とともにこの中央連句会のシンボルのような方。

薬研堀不動院の由来をたどると、祀られる不動明王の像は遠く崇徳天皇の御代、平安時代末（一一三七）、興教大師覚鑁上人が刻んだもので、紀州の根来寺に安置されたと言う。上人は高野山金剛峯寺の座主であったが、根来寺に移り、真言宗中興の祖となる。

その後、天正十三年（一五八五）、秀吉の軍勢の焼打ちに遭ったとき、根来寺の大印僧都によってこの尊像は守護されはるばる東国へと逃れて、やがて隅田川のほとりに堂宇を建立、これが現在の不動院の開創となった。

ナオ
御慈悲の阿弥陀如来よ花の舞ふ　彦
　紅貝ひとつ握りしめたる　奈
砂浜にくるりと回す春日傘　ん
　ソーラーカーのレーススタート　苗
エコの家新案特許あちこちに　彦
　小判を探す庭の片隅　游
梟に知恵をお貸しとにらめっこ　奈
　雪女でも子宮ふるへて　ん
思ひ切ることもならずに毒を盛り　苗
　骨董市でまた碁笥を買ふ　彦
古文書に活断層を学ぶ人　游
　日本海いま翡翠色せる　奈
超空忌甍の波に月の濡れ　ん
　後の雛を飾る母と子　苗
年経りて昔嫌ひな芋好きに　彦
　出湯の町に祝ふ全快　游
SLの技術をつなぐ心意気　奈
　ロボットアームのつかむ油揚　ん
爛漫の花の鎮守に鈴を振り　苗
　甘茶を注ぐ茶事の長老　彦

平成二十三年十月十八日　首尾　於　中央区立産業会館

この産業会館のすぐ傍には、小さな川上稲荷神社がある。子狐が愛嬌のある顔で尾に宝珠の模様があるのは珍しいとか。寛永五年（一六二八）の創建と伝えられ、古来「川上稲荷」と称し、江戸幕府の乗船場に在ったものを、明治二年に新開の街となるこの地に移されたもので、明治六年より神田神社の兼務社となったということである。

通り一つ隔てると、そこは小さな神田川が隅田川に注ぐ川口になっていて、永代橋を小ぶりにしたようなアーチ型の柳橋が掛かっている。古くは「川口橋」と呼ばれていたのもその由来からも納得できる。

柳橋という俗称にはその由来に各説があるらしいが、ともあれ江戸期には第一の花街、幕末の船宿三十三、芸妓は百余名と伝えられる。隅田川をゆったり行き交う屋形船、創業安政元年の老舗「亀清楼」での食事会などなど…懐かしい思い出を残して去ることとなった。

贅沢な人の涼みや柳橋　子規

第三章

今・此処に生きる連句を
―共生の文学をめざして―

「二百八十年に渉る外国との戦争の全くない鎖国時代は、むしろ仕合せな時代だったといえるかも知れない……」と、「れぎおん」誌『連句偶感』で別所真紀子氏は言われたが、これは卓見だと思う。

世界中を覆うグローバリズムという名のアメリカ化で、新興工業国は投機マネーの餌食にされ、食い尽くされてきた。また、イラクやユーゴには劣化ウラン弾が降りそそいだ。そして、アメリカの「一人勝ち」現象のひとつの帰結でもあるかのように、同時多発テロの激震である。

ならず者と呼ばれる世界中の見えざる敵を殲滅すると言う。しかし、見えていないのは、ブッシュ大統領とそのお仲間の戦争屋であって、視点を変えれば、「富対貧困、飽食対飢餓、奢り対絶望――という古くて新しい戦いが、世界規模ではじまりつつあるのかもしれず、問題は、米国の側につくのか、テロリストの側につくのか、ではない。いまこそ、国家ではなく、爆弾の下にいる人間の側に立たなくてはならない」（辺見庸―「朝日新聞」）である。

十月十七日、猫蓑会時雨忌の挨拶に立たれた東明雅師は、「大変な時代になったけれども、こういう時だからこそ風雅の道なのだ」と仰られた。いったい、何をどうすればいいのか。どんな可能性があるというのだろうか。

『野ざらし紀行』のなか、富士川で捨て子に出会った芭蕉は、「父は汝を悪《にく》むにあらじ、母は汝を疎むにあらじ。ただこれ天にして、汝が性のつたなきを泣け」と、喰物を投げて通り過ぎている。現実を直視すること、己れの無力を自覚すること、せざるを得ないことの切実な痛み、ここから出でて、ここに戻る生の営みの前に、何度も「ただこれ天にして、汝が性のつたなきを泣け」と叫んだことだろう。人として生まれ、喜びや苦しみや悲しみの真実の在り様を問い、「風雅の道の誠」をつきつめ、詩的乾坤を築いて行った芭蕉その人、封建時代の抱える悲劇と向き合い、異端の道を歩んだ純一な精神を、今日に生かしていきたい。

元禄時代は、そろそろ百姓一揆がはじまり、間引きなどが日常化してきた頃であった。芭蕉と捨て子の挿話は、芭蕉の心のなかに大きな尾を引いていたであろう。それは後に、封建時代のうちにあって、その枠組を超えた精神共同体としての「座」をつくりだし、人間的自由を拡大させていく動機となったと思う。

近代文学は、こうした「座」を解体し、断絶して自立した個人の自我の確立を追求していった。

文学の衰退が言われて久しいが、この激動する時代の先端に立ちつつ、未完の興という自由な遊びの精神で飛翔する連句が、運動する共同体としての場――「座」を母体として、これまでの個我の確立を主軸とする近代文学に代わっていくことが可能であろうか。

芥川龍之介は「人生は一行のボオドレエルにも若かない」と言うが、このエピグラムは、越し人に捧げる美しい抒情詩「風に舞ひたるすげ笠の　何かは道に落ちざらん　わが名はいかで惜しむべき　惜しむは君が名のみとよ」に反転する。芥川には見えていた筈だ。この詩の先には豊饒な連句的世界が開けていたことを。

しかし、彼は架空線上の火花を散らすような作品を残してみずから生涯を閉じた。痩せ細った「個」を抱いて。

私が最初に連句という存在を知ったのは、『風狂始末―芭蕉連句新釈』（安東次男著）を手にしたのがきっかけであった。

安東次男氏については、彼が「六月のみどりの夜は」という鎮魂歌の詩人であり、七十年闘争当時、大学を追われたという事情も聞いていた。手ひどい組織的敗北から、芭蕉とその俳諧に異常なまでに傾倒し沈潜していったものか、「連句という場におのれを重ねあわせているのだが、このような著者がひどく孤独な相貌を示している……」という粟津則雄の新刊紹介記事の最後の一文が眼を引いた。

連句との出会いが、「狂句こがらしの身は竹斎に似たる哉」の異様な発句ではじまる「冬の日」という第一級の名作だったことは幸福なことであったが評釈の凄まじさにも度肝を抜かされた。句の解釈よりも、連衆の人間関係を読むこと、場を活き活きさせる力を分析することに主眼があった。自であり他でもある、個にして全でもある共同体成立の場「座」の解明に生涯を賭けるがごとく、それは、彼自身ののっぴきならない心情と緊張感を漂わせている。

連衆心―氏はこの語を最初に日常化したそうであるが、それは「座」を構成する強い連衆の意思と繋がりを表現するものであり、また、これこそ、彼自身の求めていた世界であった。

連句の場「座」は素晴らしい構造を持っていると思う。「場所の弁証法」なのだ。場における主・客の対立の止揚、アウフヘーベンとは「……をふくみつつ否定すること」を意味し、「連続の非連続あるいは非連続の連続」を意味する。「場」然り、場（トポス）こそが俳諧の要であり、時間と空間を統一した、「いま・ここ」だった。そして、「いま・ここ」としてのトポスは社会史創造の場・出発点なのだった。言語表現を介しての自他の精神的交通の場、連句こそが個を孤立から救い、かつ不断に誕生させていくのだと思う。

連句は、すでに、文学という領域を超えたものになりつつあるのかも知れない。

これまで文化の受容者でしかなかった一般大衆が参加してくる文芸世界、連帯によって成り立つ文芸として連句は、共生の思想を先取りし、育む表現活動として、歴史的、社会的存在価値を持ちはじめているのではないだろうか。

俳諧の笑いの精神は、クリティークの精神、現代文明社会の虚構を衝く批判精神と思う。この危機の時代と向き合いつつ、自由にのびやかに連句を楽しむ連句人になりたいものである。

（平成十四年・春「現代連句への提言」）

連句に連なる不思議な糸

―わたしの初学時代―

「連歌のシンポジウムで行橋に行ってきました…」と連句仲間のアンズさんから頂いた資料をめくっていた時、一瞬、目を瞠った。小西甚一氏を指導者とした稽古連歌で活字になったものとして、斎藤義光「連歌の座―賦何路恋歌―」(「日本文学教室」5号・昭25)が紹介され第三までの例句が載っている。

発句　秋の雨音静まれる夕かな　甚

脇　紅葉もいつか暗き軒の端　義

第三　雁を導《しるべ》に峯の庵に来て　重

懐かしい!　斎藤義光先生、愛称・ヨシミッちゃんは高校時代3年間国文の先生でクラス担任、生徒会やら進学やらと随分お世話になった。その後、濱千代清先生のいらした京都女子大に在籍された宗祇研究者の先生は、これからずっと後の私の連句への小さな種を蒔いていて下さったと思う。

そして35年目、ほんとうに瞠目の瞬間が訪れた。安東次男著『風狂始末』(筑摩書房・昭61)別冊・『芭蕉七部集評釈(抄)』の「狂句こがらしの」歌仙の前書である。

《くだって安永・天明のころ、俳諧中興の機運に際して、暮雨巷暁台がいま一度貞享蕉風の光を蘇らせようとしたのは、かれが名古屋俳人であったから自然な成行でもあった…》

「名古屋の暮雨巷って、あの陽明町の暮雨庵のこと?」とびっくり。亡くなった義父母が銀行の社宅として16年ほど住んでいて、盆暮れには泊りに行くのが常であった。元の場所から移築されたものの二五〇年前の遺構はそのままで、長い廊下はことさら冬寒く、いつも風邪をひいたものだったが、茶人の居宅らしい赤茶色の壁は趣きがあり、当時はみな「暮雨庵」と呼んでいた。

此処が蕪村も訪れた蕉風再興の拠点であった…という身近かな実感と、手にした安東次男の「冬の日」の評釈の凄さに衝撃を受けたことが、連句への眼が開かれた瞬間であった。

昭和30年代、レジスタンス詩人・アラゴンの『レ・コミュニスト』の訳者であり、「六月のみどりの夜は」という鎮魂歌の詩人でもある安東次男が「今なぜ連句?」という疑問は、彼の評釈が句の解釈よりも、「座」を構成する連衆の心、つまり「連衆心」を読み取ること、「座」を活性化させる力そのダイナミズムの解明、すなわち連句による精神共同体を成立させせる力の演出に向けられていることで理解できた。

暮雨庵に連なるご縁か、義姉の故桃径庵和子宗匠のお誘いで「渋谷連句会」に最初に参加したのは、昭和も末の62年11月のこと。一巡が終るとコップに一升瓶から酒がなみなみ、「カンパーイ!」と元気のいい会であった。生まれてはじめて選んでいただいた花の句は

峠路の馬頭観音花を負ひ　　美奈子

あこがれの東明雅先生のお捌は翌年の10月、麻布更科での歌仙。「はいっ」と手を出されるそのスピードの速さと一句たりとも忽せにしない真摯なご講評。でも優しい笑顔に緊張感がほぐれた。

素晴らしい指導者に恵まれ、自由闊達な「座」をなによりも大切にした、貴重な初学時代の思い出である。

（平成二十年・十月）

―連句の発句―

発句は起爆装置である

狂句こがらしの身は竹斎に似たる哉

芭蕉…閑寂の俳人というイメージを一挙に覆し、その後の私の連句人生を決定づけたのは、『風狂始末―芭蕉連句新釈』(安東次男著)の「冬の日」で初めて目にしたこの発句であった。

この句は新古今集の定家の恋歌、

消えわびぬうつろふ人の秋の色に身をこがらしの杜の下露

を本歌取り、秋は飽、木枯に焦がらし、杜には守を掛けてこがらしの杜は駿河国と聞かされているが、凋落の杜を守る下露のような自分にはそれどころではないと訴えているのだという。(実際静岡に「こがらしの森」があるというので尋ねたが、これ以上変哲もないものはないという?名所であった)

さらに、もうひとつの含意は「無用にも思ひしものを藪医師花咲く木々を枯す竹斎」という仮名草子のあざけり歌に拠る、若い名古屋衆への名告りあげであると……。

この只ならぬ緊張をはらみ、かつ哄笑のパロディ精神のエッセンスのような発句をもって、名古屋の地に蕉風俳諧の礎を築こうとした芭蕉。まさにこの発句こそが起爆装置であった。

連句の発句とはかくあらねばならない、と思う。詠み出した瞬間の主体的決意の凛としたものを感じさせる句でありたい。挨拶という「名告りあげ」であるからには、平句とは違うのである。

〃生きてゐる世界よりも一つのことばは美しい〃

と言われるとき、詩が一回性であることへの戦きを感ずるが、発句の「行きて帰る心」とは、この一回性の詩精神と「ひとへ」ではない座（場）に於て在る心の働きを重層的に表現している。

発句における「連句性」とはこの一個二重の重層性にあり、それ故に、「歌仙は三十六歩也。一歩も跡に帰る心なし」の付句における連続と非連続という重層的な構造と相呼応する根拠となる。

脇句は、発句と連句という二つの詩形式のぶつかり合いを結合し連続させて、先ずもって「座」を成立させねばならない。

いま、現代連句における「発句と脇句」が問題になっている。どれほど右のような問題意識をもって、衝迫力のある発句が目指されているだろうか？

(1)―a　たましひの半ばは鳥ぞ青嵐　　圭衛子
　　ライ麦畑からの発信　　健悟

b　カウボーイ魂が起つ竹を伐る　　健悟
　　「ごめんよ母さん」渇きゆく秋　　圭衛子

朝鮮・ベトナム・アフガン侵攻に続きイラクへの侵略戦争がもたらしているアメリカ社会の現実。この時代に生きなくてはならない青年たちの苦悩。鳥になりたい！幼い子どもに戻ってライ麦畑を駆け回れたら……。国家はしかし、カウボーイ魂や特攻精神を要求するのだ、星条旗や日の丸の旗を掲げて、竹を伐るようにアジアや中東の民衆をやっつけにいかなくてはならないんだ。「ごめんよ母さん」脊を向けた母の胸は乾くばかり……。

国家や社会の虚構を強靭な批判精神で衝くことは、ただアジればいいのではないという、そして時事句といった範疇を超えた抒情性で迫ってくる素晴しいモデルの発句・脇句である。

(2)—a　つぎの日は鬼の子がくる草紅葉　吟
　　縄とびの輪に淡き弓張　遊馬

　b　石舞台したたかに濡れ柿落葉　桂子
　　天を仰ぎし半眼の蛇　小葦

ここでは(1)とはちがって、非現実の「常」という鋭い緊張関係をつくりだしている。ドラマを予感させる発句と脇、祝祭劇のはじまりであるコロスの詠唱のようだ。鬼の子とは生んではならない子であったのか、半眼の蛇は入鹿かそれとも鎌足か……?

芭蕉は「風雅」はまた「魔心と妄執」とも言っている。光には影が、明には闇があるからこそ実在する。表現を喚起する力は、影や闇を能く知り得たものにこそ宿ってくる筈だ。

(3)—a　太刀魚をさげて恋慕の扉をたたく　まこと
　　傘さしかける銀の月　恭子

　b　秋霖や傘持ちかへる女坂　美奈子
　　月を想へば顕《た》ちて来る君　やすこ

恋句が発句の例である。をんな歌とはいうが、をとこ歌というのは聞いたことがない。しかし、恋愛ほど男女平等社会はないのだから「恋のをとこ歌」が輩出してもおかしくはない。大いに期待。

両例とも月や傘が登場するが、bがこのをんな歌の伝統的な抒情で、恋の余韻を真摯に（!）に詠いあげているのに対し、aの例はなんとも「哀切にしてをかしきをとこ歌」である。太刀魚と銀の月もよく映っているし、扉はクセモノだけれど何故かおかしい。余裕あるパロディ精神に脱帽である。

（平成十六年・夏）

「式目」こそが転換期の斬新な発想だった…

連歌・連句は世界にも稀な「式目を持つ文学」である。だからこそ面白いのだが、式目をめぐる論争はあとを絶たない。混乱の原因はかの芭蕉翁にある。「ねこみの」35号（平成11年）の質問コーナーを見ると……

「芭蕉は連句の式目をどのように考えていたのでしょうか？」という質問に答えられた東明雅師は「芭蕉の作品には、たとえば一巻の中に恋の句のないもの、表6句の中に神祇、釈教・地名・人名などの出る巻、同字三句去りを守らぬ巻、発句に出た字を挙句にも出した巻、素秋の禁を破った巻など、数えるに遑がありません」と言われ、「これらの現象をとらえて、芭蕉は式目を事実上、簡素化したと見るか、反って後世の人にいろいろな迷いを残すことになったと見るか、これはみなさん、それぞれのご判断におまかせ致したい」と結論は出されていない。故明雅師が主催されていた猫蓑会ではこれに先立つ平成七年に、「制定という大それた考えは毛頭ないが従来我々がやってきた方法を整理して大方のご参考までに……」として「猫蓑会式目」が機関通信紙である「ねこみの」21号紙上に発表されている。

一　心得
二　句数
三　去嫌
四　一巻の構成
五　韻律
六　仮名遣

これらの項目に分けられきちんと明文化されている。「心得」とはあらゆる事象が輪廻になってはならぬということ。同じ物、事を繰り返さない、打越を排する、一歩も後に帰る心なし……これは連句思想・ガイストである。ここで重要なのは「従来我々がやってきた方法を整理した」ということに尽きよう。先ず式目ありき、ではなく連衆のエネルギーをどうすれば流れを作り出すダイナミズムに転化させられるか、そして統一した美意識を共有し得るか、作品一巻にこの目的を実現させるための方法として「式目」を考えてきた、ということであろう。大方の合意に基づく慣習法のようなものと考えてよいと思う。実際、「式目」は実作のなかでその都度身につけていくように結社の指導はなされてきた。これは一巻の流れのなかで「その一句」を得るために敢えて「式目」破りをした芭蕉の大きな姿こそ、明雅師と「式目」とのあり方の深い意味を示していると言えるし、「式目」を受動的に与えられたルールとしてではなく、発想の方法として活き活きと捉えよ、という教えでもあると思う。

◆転換期の精神が「連歌式目」を創り出した

そもそも「式目」という刮目すべき方法を発想し得たことが、連歌・連句という特異な文学ジャンルを確立させたのであった。

二条良基と地下の連歌師・救済によって連歌式目「応安新式」（一三七二年）が成立したのは南北朝期という内乱の時代。日本歴史が大きく転換した節目に王朝貴族に代わって土俗の、野のエネルギーが噴出した文化のルネサンス期であった。主従の縁を離れた無縁の公界人、道々を自由に遍歴する芸能民などを母胎とした民衆的エネルギーの坩堝から連歌は生まれた。中世のこの時期、「聖と卑」「貴と賤」が後代と違って同じ土俵、同じ価値とみなされていたことは実に興味深い。

連歌は博打と同じパフォーマンスともなれば、競い合いも盛り上がったであろうから、差合いのチェックは厳しかったに相違ない。摂政・関白の良基公も寺の境内に夜な夜な勉学に現れては「かくすればもっと面白くなろうぞ」などと言われたであろうか。

「応安新式」という連歌式目は、自由な発想ということの時代精神をぬきにしては成立しなかったであろう。

◆「式目」は共生の文学の核心

高度成長期という大きな社会構造の変化を経た現代社会は南北朝という動乱の時期と類似するものがあると思う。短い詩形を連ねていく……ただそれだけのことがかくも面白いのか、毎日ネットを飛び交う大盛況。アマチュアリズムとコラボレーション、これが現代文芸復興のキーワードでもあろうか。

呼びかけと応答だけの連ね歌では二拍子のマーチみたいで物足らないな、三拍子のワルツも楽しそうだな……と思う人は連句志向。連句は三句のわたり、3の律で流れていくのだから。さらに交響曲や標題音楽が好きだとなればもっと構成的な演劇的要素も加わった「座」による歌仙、百韻に挑戦することである。

　式目はいわば設計図、楽譜だと思えばこれほど優れて美的な指針はない。初心の時ほどどうすればこれをクリアーできるか、を追求したくなるのではないだろうか。よく槍玉に上がる「発句同字」とか「カタカナの打越」などは、お捌きの連句観・式目観に任せていいことだと思う。

　最後になったがこれほどに「式目」を無視して歌仙を巻いてよいものかという例として、『短歌』2月号掲載の特別企画「女流五歌人歌仙を巻く」の表6句だけであるが、参考までに紹介しておきたい。

春　白梅やまだ整はぬ日のひかり
春　　苔よみがへる庭に下り立ち
春　自転車にむく犬のせて街にゆく
雑　　手品師の手より風船は抜け
秋月　初月のかかる港の空あかり
秋　　母の横顔おもへば遠く

目くじらを立てることもないが、脇は韻字留めがいいとされている。第三、春と秋は三句以上続けることが連句のルールだが、これは雑の句であって留めも「て、に、にて、らん、もなし」というできれば守りたいルールを外している。第四の雑に春の季語「風船」。折端は表折では禁じられている述懐の句（但し、発句は別だが）。さらに秋の季語もない。この他にも一巻を見渡すと、花句に「桜」を出し、発句の「日」の字があと3回使われ、名残の花句の前後で「春」の字が打越している。連句の花句は、はなやかなるものの総称であり、「桜」と言っただけでは花句とはならない。

　一句一句は流石に素晴らしいと感じるだけに残念だが、これも和歌中心の国ならでは、の現象であろうか。

（平成十七年・夏）

「花の定座」の系譜をたどる

連句や連歌を巻いていると「花」の定座がいかに重要かを痛感する。何故？　そして「花」はなぜ「桜」なのか？古典初学の身には重いテーマへの旅……これはほんの第一歩である。

久方のひかりのどけき春の日に
　しづ心なく花の散るらむ　紀友則

ねがはくは花のもとにて春死なん
　その如月の望月のころ　西行

敷島の大和心を人とはば
　朝日に匂ふ山桜花　宣長

櫻ばないのち一ぱい咲くからに
　生命をかけてわが眺めたり　岡本かの子

桜の樹の下には屍体が埋まってゐる　梶井基次郎

千万の人の死にゆく暁に
　日本の桜あはれ散りゆく　岡野弘彦

「王朝の香しい桜」から「特攻隊の狂気の桜」までのこの「桜観」の変遷。これを見ると日本人独特の観念連合が桜と死との間にあって、それが美意識の、大きく言えば文化の基底となっているようにさえ思われる。

昭和十年『日本浪漫派』を刊行、その耽美的パトリオティズムで戦場に赴く青年たちを魅了した保田與重郎は、「花の思想」こそわが民族の文化と芸文の系譜であると言った。一方、こういう観方もある。

昨今、評価の高い網野史観によれば、「アジールの思想」が歴史のなかの民衆の見えない絆となってきたと言う。アジールとは「無縁」（の場）のことであり、政権の交代や主従の関係とは「縁」を切った人々の「平和」な場であった。公界寺（くがいでら）や堺のような自治都市、楽市・楽座、非人「宿」など……。ここに集う「平和」な集団とは勧進聖・禅律僧・連歌師・茶人・桂女（遊女）などの「芸能民」である。

市も立つ寺社の境内、すっぽりとした箕笠のような枝垂れ桜の下で巻かれた「花の下連歌」、そして身分をかくし一介の旅人として句を連ねていく笠着連歌、この「花の下」こそアジール、無縁の民の「一味同心」（＝一揆）の場（座）であったと網野氏は言う。

この自由な「座」の思想が脈々と歴史の縦糸として流れ来たって今日の連句が在ると思うと実に愉しい。しかし、何故「桜」なのか？

原始、桜は「生」と「再生」のシンボル

サクラの原義は、田の神を意味する「サ」の居場所「クラ」で、花の下連歌は御霊鎮魂＝花鎮めの祭りと関連があるとされている。鎮魂にはタマシズメとともにタマフリの側面があり、タマフリとは生命力を振り起こす蘇生を意味した。

古来、聖木として信仰されていた桜が「生と再生」のシンボルだったことは、木花開耶姫（このはなさくやひめ）と瓊瓊杵尊（ににぎのみこと・稲穂の豊穣の意味を含む）との婚姻という桜と米を結ぶ稲作栽培の発生神話（日向神話・木花は稲の花との説もあるが）のなかに現れているが、此処にすでに桜の「短命性」が象徴されているという。開耶姫の姉の磐長姫（いわながひめ）も共に娶れば磐のように長生きできるという父親の薦めを瓊瓊が断ってしまったのだというのだ。それはともあれ、古代の人々は桜の短命性に暗い死の翳を見てはいない。山の神が稲作を保護するために桜の花びらに宿り田に

下ってきて田の神となり、そして秋、収穫祭で供応された後、山に送り帰されるとされていたのである。

『万葉集』に桜の挿頭し（かざし）の歌が載っているが、今日、髪に稲穂を挿す風習も米と桜との同一化を象徴しているようだ。

古代王朝の「宴」の花

古代の文献に「桜」という字が最初に使われたのは紀記が成立する八世紀。『日本書紀』の「履中紀」には、冬十一月磐余市磯池に宴遊の船上、天皇（すめらみこと）の盞に桜の花が落ち、この桜の所在を探し求めて献上した連（むらじ）に稚桜部造（わかさくらべのみやつこ）の名を与えたというエピソードが載っている。

この最初の桜の記録が宴遊と結びついていたことは興味深い。『伊勢物語』の交野の桜狩りや『源氏物語』の南殿の「花の宴」、また「醍醐の花見」や歌舞伎の「助六」などなど、今日まで「花見」の風習として連綿と続く。時に「婆娑羅」や「派手」に演出される桜は華やかなるもの、まさしく「花」であった。

平安びとは散る桜にいのちの果敢なさなど見てはいない。『古今集』で桜を歌った七十首のうち、満開→落花を歌ったものが五十首といわれ、桜美の対象は「散りゆく桜」にあったのであり、散る桜は次の年のいのちの甦りを告げるめでたき花、ととらえていた。

春ごとに花のさかりは有りなめど
あひみむ事はいのちなりけり　97

「生と再生の桜」はまた、女性の一生とも重ね合わされて、王朝女流詩人に多く詠まれた。小町しかり、伊勢しかり……。そこに「あはれ」はあるが、今日のような「哀れ」「憐れ」とは違い、華やぎの情趣を湛えている。

花のドラマツルギー

「花」と「月」の歌人といえば西行。しかしかの「春死なん」の歌は『新古今集』では、一八四五番で俊成とダブっていてしかも括弧がついている。つまりいったん撰歌されながら切り出された歌。俊成が先にこの歌を評して「うるわしき姿にあらず」と和歌としては正統と認めない立場を示していたと云われる。

西行は裾野のない個性的な単独者であり、もの狂おしいまでの桜への憧れを直截に歌う西行と定家とは対極にあった。

見わたせば花も紅葉もなかりけり
　裏のとまやの秋の夕ぐれ
定家

十九歳にして「紅旗征戎吾事ニ非ズ」と言い放った定家は、「古今的」なる和歌の世界をラジカルに変革する方法に辿りついていた。言葉だけの虚構の世界に、イメージとしての色合いや匂いをもつまでに言葉の可能性を追求しぬく。定家『新古今』の斬新さは現代の美意識に近しく、疎句付けの感覚。事実、定家は連歌もかなり好んでいたと言われる。

そして西行の主情も有心連歌の心敬を通して季吟へ、芭蕉へと連なる一本の糸。二人をよく知る後鳥羽院は西行を「生得の歌人」と呼び定家を「歌の上手」と言いなしている。

「花実論」より「花」の解放のきざし

和歌神授の歴史のなかでの「花」の観念とは、表現(詞)を花、内容(心)を実、とする流れが従来あった。これが世阿弥の「花」の思想においてこの思想枠組から完全に解放されてしまった、即ち、『風姿花伝』である。

能役者や地下の連歌師は、網野史観に戻るならアジールという遍歴の中世自由民を母胎としていた。文学と演劇という二つの領域の中間にある連歌が従来の「花実論」から離脱していくのは興味深い。二条良基は『九州問答』のなかで、佳い連歌とは「ほけほけとしみ深く幽玄の体」と「花々と花香の立てささめきたる体」がよいと推奨し、また「ただ当座の面白きを上手とは申すべし」と連歌はその場の面白さがすべてだ、と言い切っている。

良基が十三歳の美少年世阿弥に出会ったときは六十歳に近かったが、世阿弥（藤若と呼ばれる稚児であった）を露を含んだ花のしおれをも上まわる美と賞賛している。稚児とは或る意味で境界や規範という束縛を超越した自由な存在であり、それが能という演劇空間に乱舞する夢幻の花を咲かせたと言えよう。

良基はまた日本ではじめての花合（はなあわせ）の主催者であった。立花は稚児の教養の一つであったから、世阿弥もまたこの花の宴に色を添えていたことであろう。

そして「座」という時間と空間の交差する連歌の「場」におけるドラマツルギーの主役とは「花」でなければならなかった。良基と師である地下の連歌師・救済の手になる式目「応安新式」の成立は一三七二年、南北朝時代（あるいは室町前期）のことであった。

（平成十四年年・九月）

「花」に惹かれて読んでみました…
『桜の文学史』（小川和佑・文春新書）
『ねじ曲げられた桜』（大貫恵美子・岩波書店）
『十二夜—闇と罪の王朝文学史』（高橋睦郎・集英社）
『日本古代文学史』（西郷信綱・岩波全書）
『西行論』（吉本隆明・講談社文芸文庫）
『西行花伝』（辻邦生・新潮文庫）
『後鳥羽院』（保田与重郎全集第八巻・講談社）
『英雄と詩人』（保田与重郎全集第三巻）
『日本浪漫派批判序説』（橋川文三・講談社文芸文庫）
『無縁・公界・楽』（網野善彦・平凡社）
雑誌『国文学』（学燈社）
「連句のコスモロジー」昭61年4月号
「中世の芸能」平4年12月号
「花の古典文学誌」平9年4月号
「連歌と能・狂言と」平10年12月号

わたしの選んだ三句のわたり

花はさかりに

―花句―

淡雪ぞふる紙子浪人　成美
五六本寝て見る花の目利せん　一茶
鋸借に扉たゝくか　成美
（文化元年春夏目成美との両吟）

楸邨句に「カフカ去れ一茶は来れおでん酒」という嬉しい句がある。やはり、ここは芭蕉や蕪村では似つかわしくない。カフカが悪い訳でもないが、絶望や不条理を語る前に、空腹と寒さを温めてくれるおでん酒が有難いのだ。

生きにくい現実にあって、一茶に共感するのは、伝統的な美の象徴である「雪月花」に対しても、自分の生活実感から捉えかえす、その覚悟の良さにある。

花が見事といってもただ寝ころんでいるだけ……いやいや、大先達の西行の「願はくば」の歌を踏まえて一茶は、「いざゝらば死ゲイコせん花の陰」と、かなりひねくれているのである。

死ぬにはどの花がいいか目利きしておこうか……目線が低いのではない。むしろ、生と死への真率な感慨をもった人の句だ。

一茶にとっての「死」は歌の世界だけにあるものでは

なく、貧窮のどん底で、「身一つ」の死を予感しつつ、飾るものとてない「生」の真っただ中での俳諧であり、美意識もここから出発せざるを得ない。「生」の哀切さを知っていればこそ、生得の土着性に開き直った明るさへの反転の凄さが、一茶調に結実している。

□

ステッキ肩に貝寄風の浜　水壺
花のあとよせてはかへす夢いくつ　かりん
何ともなしに笑ふ山々　水壺
（第九回新庄連句大会）

今は亡き桃径庵和子宗匠は、荻窪で月一回連句の会を開いていた。仏間とロイヤルボックスの掘炬燵の部屋と、玄関すぐ右手の「番外地」とわれわれが称していた洋間の三席が通例だった。

番外地の定住者の一人が、今宮水壺さん。古希祝いにと水壺さんが描かれた童女の絵が壁に掛り、宗匠の「メッ！」が飛んで来ないこの番外地は、いつもイイ調子で盛り上がっていた。

連句に少し慣れてきた頃の私は、やたらと抽象的にして観念的な句を出して顰蹙を買うばかり。水壺さんは困った顔で、「美奈子さんの句はムツカシイネー」。でも決して非難はなさらない。なにしろ猫蓑会の高潔なる二大紳士は、明雅先生と水壺さん、と決まっている。

「伝へたる石神井の名や青時雨」の発句ではじまるこの一巻、実に軽やかに、そして味わい深かった。いつもギクシャクしていた私の頭の中を、柔らかい微風が通り過ぎていくようだった。

季節の花が咲き乱れ、賑やかだった桃径庵「番外地」の思い出と共に大切にしていきたい連句のお仲間である。

わたしの選んだ三句のわたり

月はくまなく

―月句―

実《げに》や月間口千金の通り町《ちやう》　桃青
　爰《ここ》に数ならぬ看板の露　二葉子
新蕎麦や三嶋がくれに田鶴鳴て　紀子
（「江戸通り町」実や月・延宝六年）

　ひたといひ出すお袋の事　芭蕉
終宵尼の持病を押へける　野坡
　こんにやくばかりのこる名月　芭蕉
（「炭俵」梅が香・元禄七年）

江戸筋違橋大門から日本橋・京橋を経て金杉にいたる大通りは江戸で最も繁昌の目抜き通りだった。まさに一間間口で千金、そこに一刻千金の月が昇ってくる。西鶴えがく日本永代蔵のようなリアルで、新興町人的エネルギーに溢れた句である。

延宝六年という年は、三十五歳の芭蕉が万句興行を成功させ、また、自分の名を付した『桃青三百韻附両吟二百韻』を出版して、江戸俳壇に華々しく躍り出た年であった。

神田上水の浚渫工事の請負人でもあった芭蕉の羽振り

の良さと世俗的な処世の才と、これは無関係ではなかったであろう。また放埓な遊び人だったと言われる其角や嵐雪にも慕われるような、伊達な顔もそこには見えてくる。

そして、元禄七年伊賀への旅に立つ最後の春に、この「梅が香」の両吟は成った。いうまでもなく、野坡は三越の前身・越後屋の手代であり、現役の企業マンだった訳で、この巻には、当時の経済活動を窺わせる句が随所に現れる。延宝六年当時、芭蕉が越後屋の向かいの小田原町に居を構えていたことを思うと、新しい風――「軽み」の提唱との因縁というか、歴史の妙が感じられる。

この「軽み」とは、反「猿蓑」調といった狭義のものでも、まして老いの境地などではあり得ない。晩年の芭蕉の周辺には、能役者も多くいて、この新風を支えていたのだが、世阿弥は『風姿花伝』のなかで、「まことの花」は老年期にこそあると言う。そして、その花の精髄は「秘すれば花」……型や作為を見る側に感じさせないほどにとらわれず、自由なのだ。

世阿弥に則して言えば、「時分の花」は談林派俳諧師桃青、そして、「冬の日」「阿羅野」「ひさご」「猿蓑」の金字塔を打ち立てた壮年期は「一旦の花」であろうか。

こんにゃくと名月の組み合わせなどは、思わず苦笑してしまう佳句。型や作為にとらわれない自由とは、永遠の詩心に他ならず「軽み」はその表現である。「高く心を悟りて俗に帰るべし」と。

浪漫的精神の高揚と緊張感を湛えた作品群と元禄的リアリストの顔と、芭蕉はいまだ私にとって謎の多い人物である。

しのびてゆかん
──恋句──

わたしの選んだ三句のわたり

我や来ぬひと夜よし原天川　嵐雪
　名とりの衣のおもて見よ葛　其角
顔しらぬ契は草のしのぶにて　角
（『虚栗』天和三年・両吟「我や来ぬ」）

　双曲線の重なってゐる　遊耳
乳首なほ翳なき身とは思へども　久生
人と化すべき対岸の魚　諒
（平成十四年・歌仙「無頼の鴉」）

　芭蕉の『虚栗』跋文に「恋の情つくし得たり」とあり、また、「西鶴流の浮世草子好色物を読む思いさえする」と言われるこの両吟歌仙「我や来ぬ」。治郎や辻君、役者や小袖武者、若衆、五十の内侍、密夫など様々な恋模様があでやかに詠みこまれている。
　この時、其角は二十三歳。脇の、葛は裏返りやすいが、表の艶冶をこそ見よ、の句のように、ここは吉原、二人は親友にして遊び人だった。しかし、「蓑を焼てみそれくむ君哀しれ（角）―身は狐舟（ひとり）女房定めぬ（雪）」の付句のような、背後を断つ覚悟の良さが清々しい。

煮つまれば色水を差し眉を引き　圭衛子

夏至の祭りに裸女を鞭打て　遊馬

虹の根を断ち切り恋の鳥になる　吟

（「れぎおん」14号「クロノスの舌」）

天和三年は、西鶴が『好色一代男』を刊行した年でもあり、続く貞享元年には芭蕉の『冬の日』。まさに江戸時代の二大青春文学の成立という、この季節の豊饒さには、目の眩む様な思いがする。

二十一世紀は其角の時代、元禄のシュールリアリストと評する現代詩人も少なくないが、確かに、「海面の虹をけしたる燕かな」とか「梅寒く愛宕の星の匂かな」などの句には、繊細でモダン、洒落っ気と同時に、何にもとらわれぬ自由世界へ飛翔する魂が感じられる。

恋句では特に、現実描写を超えた象徴化によって、いっそう人間を含む一切世界を感知させる衝撃を与える。

後の二例の、「人と化すべき対岸の魚」「虹の根を断つ恋の鳥」のフレーズは、前句の「乳首」や「裸女」という生身に対し、魚や鳥を暗喩として、現存しないものへの憧憬、或いは、現実との隔離感が昇華されて恋の詩に結実している。

よく陥りがちな予定調和を破り、なお機知に溢れた素晴らしい三句のわたりになっていると思う。

わたしの選んだ三句のわたり

神なびの森　み佛の家
―神祇釈教句―

秋しぐれ芭蕉稲荷は御縁日　明雅
　思はぬ方に昼月のかげ　水壺
教材の団栗独楽を作りゐて　清子

（東明雅「猫蓑庵発句集」）

漸くはれて富士みゆる寺　荷兮
寂として椿の花の落る音　杜国
茶に糸遊をそむる風の香　重五

（「冬の日」第五歌仙・霜月の巻）

隅田川から深川の小名木川へ入って最初の橋、万年橋の北詰め、芭蕉庵の跡地に四畳半ほどの芭蕉稲荷がある。万年にちなんで大きな亀がぶら下がる広重の「江戸百景」絵図には、丹沢山塊の上にどっしり富士山が聳え、隅田川には白帆をかけた舟が行き来している。

杜甫の浣花草堂にもなぞらえたという、此処、江上の破屋より、芭蕉は貞享元年、野ざらしの旅に出立した。

「野ざらしを心に」とは、悲壮にして、なんと、かろがろとした心境であろうか。棄てるものなど何もありはしない。期するものは、芭蕉俳諧ただひとつの身であったのだ。

明雅師の発句、まことに俳諧の軽やかさを代表する挨

夢に昇く梅雨の柩の軽かりき　蓼艸
翔たむともせず　ひそと夏蝶　孝子
谷深く谺が谺追ひかけて　遊馬
（「れぎおん」31号「仏崎字極楽」の巻）

拶の句として楽しい。そして、飄々と受けた月の脇句。ゆらゆらと大河の川波も聞こえてきそうな深川の景である。

この「野ざらし」の芭蕉を迎えての尾張での第五歌仙。連衆の技を凝らしてのもてなし、そのエキサイト振りが微笑ましい。

〝霧しぐれ富士を見ぬ日ぞおもしろき〟を、心得てい て、漸くはれて富士が見えようございました、と荷兮。更に、このわたりは、水無瀬三吟の、行く水とほく梅にほふ里（肖柏）／川かぜに一むら柳春みえて（宗長）／舟さすおとはしるき明けがた（宗祇）の「香・見ゆる・音」の三連打をなぞったと言われ、なんとも洒落た趣向の挨拶。

富士見ゆる寺は興津の清見寺らしいと、一昨年尋ねてみたが、眼前に三保の松原が広がる、静かな寺であった。

最後の一連は悲しい。飯島晴子先生自裁……の字句が眼に灼きついている。痩せて、あまりにも軽い柩、動かぬ蝶、慟哭が谺のようにつきあげる、悲痛な断章である。

放哉の死も悲しい。仏崎字極楽とは彼の終焉の地という。

わたしの選んだ三句のわたり

ふるさとは遠きに在りて
――無常・述懐句――

生きながらひとつにこほる海鼠かな　芭蕉
　ほどけば匂ふ寒菊のこも　岱水

翌《あす》ははや普陀落山《せん》を立出ん　蕪村
　豆腐に飽て喰ふものなく　樗良
我袖は少しの銭に重たくて　几董
（歌仙「菜の花や」の巻）

炎天の空美しと詠へる句　春人
　無明の淵の片目無き魚　春女
埋火の灰に内緒の文字あり　青畝
（歌仙「伝統を」の巻）

極北の戦慄を覚えるこの芭蕉の発句。命そのものの究極の姿、その絶対的孤独感。もう脇は不可能のような完成度の高いこの苛烈な句に、「師のひとり屹立する志の厳しさには及びもつきませんが」と、そっと受けとめる脇の岱水。なんと優しい感性であろう。

この美しい魂の交響のなかから、また別の世界が開かれていく。まさに連句とは、他者とともに生きようとする文芸である。

無常や述懐の句は、人の生き死にや老にかかわるもの

震災を悼むともしび雪地蔵　丹仙
　六甲おろし遠汽笛鳴る　真奈
颯爽と応援の旗打ち振りて　浮遊軒
（桃李百韻「賦何初連歌」）

であり、その主情的トーンや調べの緊張感の高さから、連歌に多く歌われ、やまとことばの美しさ、音律のなだらかさ、さらに能に共通する様式美など、歌仙一巻に、丈高く、ゆかしい一画を構成する。

さて現代連句ではどうか。半歌仙の場合、無常・述懐句が抜け落ちる例も多い。機知の応酬やひねりの効いた表現、意表をつくフレーズなど、たしかに盛り上がって楽しさが増す反面、詩情やリリックが薄れてきてはいないだろうか。雅の伝統、中世の有心連歌への往還の人であった芭蕉にならい、連歌の心をもって無常述懐を詠うなかにも、俳諧の軽みを加えていきたい。

「れぎおん」誌に連載の「日本文学のキーワード」の「無常」の項で、杉浦教授は、「近世以来現代までこの国の神とは金であり、無常観とは知識としてのみ存在したようだ」と看破されている。

元禄リアリズムとは比較にならぬヘッジファンドの横行する疎外の極致に住むわれわれ、逃避ではなく生活者の目から、「思想する形態としての俳諧」をめざしていきたい。

時代の虚構を衝く
――時事句――

触発の修羅の巷や鳥帰る　孝子
　麻蒔くときも別つ国境　かりん
復元の古代の琴をうららかに　瑞枝
（吉野の会・歌仙「触発の修羅」）

電音の見知らぬ友に励まされ　千種
　力をも入れず活きる言の葉　真奈
踏みしめる土軟らかに春兆す　茉莉花
（桃李百韻「賦初何連歌」）

わたしの選んだ三句のわたり

「時代のかなしみを抱きしめることができなくて、連句人と言えるだろうか？」――９・11から米軍によるアフガン侵攻の時期に巻かれた「カウボーイ魂」留書の佛渕健悟氏の言葉である。

表現は穏やかながら、特に、時事句というメッセージ性の強い句にかかわる場合の連衆への革新的な問いかけだと思う。

ここ数カ月、発達したメディアのおかげで、21世紀の新たなる帝国がありとあらゆる殺戮兵器でイラクを蹂躙し去った経験を共通体験した。惨たらしい、無明長夜のような現代世界。しかし、これが受容（受苦）せねばならぬ歴史的現実である。不条理の認識、そして、日々の

外厠鬼門にありて霧深し　圭衛子
算数の2を砂ゴムで消す　健悟
ゲルニカに描かれてゐる男たち　亜弥
（『れぎおん』36号・歌仙「カウボーイ魂」）

営為を選びとっていかなければならない実存する個のかなしみ………。

今、此処に生きる連句の場—「座」は、この時代のかなしみを共有し、向い合う精神共同体として、未来への「開け」をつくりだす。個々の主体的自由のアンサンブルとして。

現代連句への提言として「今、此処に生きる連句を」の中でも述べたが、いま一度、俳諧の笑いの精神は、クリティークの精神、現代社会の虚構を衝く批判精神であることを、確認しておきたい。

しかし実作の場では、時事句の傑作にはめったにお目にかかれないのが現実。新聞の見出しのようであってはならない。自分の体内に抱きしめ、濾過して、受け手に共感を呼ぶものでありたい。

また、せっかくのインパクトのある時事句に、効果を薄めるような遣句を付ける傾向もおかしい。二句までは認めたいと思う。

さらに今日の現代連句としては、時事句は一巻に一箇所などと限定することもない。（もっとも私が捌いたある巻の7分の1が時事句だったと姫野恭子氏。よくぞ数えて下さいました）。

わたしの選んだ七・七句
『武玉川・とくとく清水』より

俳句はどうも弱いけれども連句は大好きという人に、連句には七・七の短句があってこの軽い調子が佳い、こたえられないという御仁が多い。「浮世の果はみな小町なり」「こんにゃくばかりのこる名月」「馬に出ぬ日は内で恋する」など芭蕉の凄い名吟。岩波文庫で四巻の『武玉川』には前句付けから七・七句だけを独立させた佳句が収録されている。『川柳でんでん太鼓』や『道頓堀の雨に別れて以来なり』の著者、田辺聖子氏が新書にまとめた『武玉川・とくとく清水』から、七・七調の佳吟を転載。

異見の側を通るぬき足
うそがきらひで顔がさびしい
殿の禁酒に夜はすたりゆく
鰒《ふぐ》はいやかとたった一筆
賤しく老いて熱い湯に入る

腹の立つとき見るための海
二百十日の屋根に浪人
雨のふる日は真の浪人
貧乏によく生きた八十
新らしすぎて凄い売家
男の死霊聞分けがよき
手を握られて皃《かほ》は見ぬもの
恋しい時は猫を抱上げ
むすめの十五湯に長く入る
高声の娘に毒はなかりけり
一逃げ逃げて口を吸はせる
腹のたつ時大針に縫ふ
夫の惚れた顔を見に行く
悋気の飯を暗闇で食ふ
子の手を曳いて姿崩れる
四十の妻のちんまりと寝る
人さへみると死にたがる婆
おどりが済んで人くさい風

わたしの好きな川柳作家句
昭和史のまん中ほどにある血糊

暁を抱いて闇にゐる蕾　（鶴彬）

鶴彬は暁という花芯をかたく抱いたまま、暁を見ずに散った。この句は、金沢市の卯辰山の碑に刻まれている。昭和十三年野方署の留置場で赤痢に罹る。菌を注射されたとも言われ、収監のまま豊多摩病院に隔離されて、ベッドに手錠をくくりつけられたまま死んだ。享年二十九歳。

手と足をもいだ丸太にしてかへし
屍のゐないニュース映画で勇ましい
万歳とあげていった手を大陸へおいてきた
ざん壕で読む妹を売る手紙
ふるさとは病ひと一しよに帰るとこ
働けばうづいてならぬ〇〇〇〇のあと
神代から連綿として飢ゑてゐる
これしきの金に主義一つ売り二つ売り

咳一つきこえぬ中を天皇旗（井上剣花坊）
無産者の上にもなびく天皇旗（井上剣花坊）

最初の句は彼の菩提寺である建長寺の正統院の句碑に刻まれている。田辺聖子氏は「彼は川柳を民衆芸術と信じていたが、長州人だけに尊皇家でもあって、それを川柳王道論といっている」と書いておられるが、この二句を並べてみると、「上御一人」を敬うことを宣言することで、すべてを貴賤なく解放する智恵が働いていたように思う。ひとり反戦の声を上げた鶴彬を匿い、発表の場や経済面でも支援した。

国難に先立ち生活難が来る
ちと金ができてマルクス止めにする
飢ゑたらばぬすめと神よなぜ言はぬ
暖室に酒呑みながら主戦論
それしきの金なら併し今は無い

わたしの選んだ好きな作家（歴史小説家）
かぶいて候～隆慶一郎の本

連句が終って繰込んだいつもの飲み屋でのある夜、好きな歴史小説作家が話題になった。藤沢周平、山本周五郎…と挙げられる中で、私の断然イチオシは隆慶一郎と叫んだとき、それ誰？

かれこれ十五年も前のことだが、偶然手にした『吉原御免状』なる文庫本。『大御所御免状』というべきか家康から色里に与えられた特権の裏側の分析を、随所に史料を使い、小説的潤色たっぷりに味付けした傑作である。

東大仏文科卒。辰野隆退官祝いパーティで初対面の小林秀雄に魅かれて創元社入り。この小林編集長の泣かせがいかに凄かったかは、後年のエッセイ集『時代小説の愉しみ』に活写されている。素面の時は秀才の如く、酔えば無頼漢。日本語の全く通じないGIまで泣かせたという伝説がある小林に鍛えられた。

本名・池田一朗名でシナリオライター。映画『にあんちゃん』の脚本で受賞。時代小説家としてのデビューは、昭和59年の『吉原御免状』。60歳を過ぎていたが、5年後に急逝するまで刊行された傑作は驚くほど多い。

『かくれさと苦界行』『鬼麿斬人剣』『一夢庵風流記』『影武者徳川家康』『捨て童子・松平忠輝』…と読み漁る日々は実に爽快だった。というのは、隆の描く主人公がみな傾奇（かぶき）者、バサラであったからだ。潔い男の颯爽と生きる姿はじつに痛快。

「慶次清水」の慶次～前田慶次郎は『一夢庵風流記』の主人公、いま人気の『天地人』の直江兼続とは親友で、互いに心の交流のできる奴と認め合っていた。そこがい い。古来、日本人の琴線にふれ、愛されてきた『平家物語』を淵源とする男の「友情」のものがたりだ。

そしてもう一つ。解説を書いている秋山駿は前田慶次郎とスタンダール『パルムの僧院』の主人公ファブリス・デル・ドンゴとは血縁関係の共鳴ありと新説を立てている。しかり、まさに烔眼。

そう、隆というペンネームは、フランス文学の泰斗であり恩師の辰野隆と同じであった。

わたしの選んだ昭和冬の時代の俳人たち
——二人の獄中詠——

動けば寒い　（昭和十七年）

橋本夢道が戦時中、獄中にあって詠んだ自由律俳句である。凍りつくような独房を表象した世界最短の俳句…。

昭和十六年、京大俳句事件（十五名逮捕）と東京では夢道らが参加していた『俳句生活』などから十三名が逮捕された事件があるが、いずれも新興俳句に身を投じていたメンバーであった。夢道と定型の東京三（秋元不死男）だけが、幽囚の思いを俳句に詠み続けたという。

大戦起るこの日のために獄をたまわる　夢道
降る雪に胸飾られて捕へられる　不死男

夢道の句には「大御心より一死を賜る」一兵卒になぞらえたアイロニーがあり、不死男の句は「雪」に己れの「シロ」を暗示する余裕。悲愴に陥らずむしろユーモアすら感じさせ、草の民の明るさと強さが感じられる。

わが四十獄の雑煮を神妙に食う
面会やわが声涸れて妻眼ざしを美しくす
一匹は枕の中に来て鳴くこおろぎ
妻の手紙は悲劇めかずに来てあたたかし
赤坂の見附も春のべに椿
二十四房を出るわが編笠にふり向かず

（橋本夢道句集　一九五四年）

青き足袋穿いて囚徒に数へらる
編笠を脱ぐや秋風髪の間に
獄凍てぬ妻きてわれに礼をなす

（秋元不死男句集「瘤」一九四六年）

不死男は有罪判決であったが、ともに昭和十八年に保釈出獄している。

連句事始～鎌倉の夜は更けて～

二十韻『雁行きぬ』の巻

鈴木美奈子 捌

（初稿）

1 仲春 幻の和賀江の船や雁行きぬ 美奈子 場
2 晩春 波音のどかに松露掘る人 良美 他
3 三春 はしゃぎ来る子等に菜飯を取り分けて 順子 自他半
4 雑 膝を揃へて叱言聞く猫 奈 場
5ウ 三夏 月涼し都庁舎の窓のなほ点り 良 場
6 三夏 たっぷり染ませるポワゾン香水 順 自
7 雑 お目当てをモンローウォークで釣り上げし 奈 自他半
8 雑 三億五億すくねえすくねえ 良 他
9 雑 薬湯で映画監督傷養生 順 他

年度末の合間を縫って、やっと念願の一泊旅行、楽しく過ごしました。

初の連句体験いかがでした？

昨日、会計監査も終わり、今日の東京湾の見学会も終って、主な行事とはしばらく縁ないので、校合の記を、経過報告的に記してみました。

（原　句）

1 行く雁は幻見たり由比の船
　実朝出帆の和賀江島をはっきり出したい。

2 朝しらじらと松露掘る人
　発句と同時・同場が脇句の約束なので、浜辺であることをはっきり。また「朝しらじら」は月

10　雑　水にこだわるCMの増え　奈　場
11ナオ　三冬　ブランド狂ファーコートにもゴルフにも　良　自
12　三冬　鎌倉ソサエティ胸にカトレア　順　自
13　雑　不惑よと年よと言ひつ今日も逢ひ　奈　自他半
14　三秋　夜長前略後略の恋　良　自他半
15　初秋　蜉蝣のながれ川なす白き月　順　場
16　初秋　迎へ火を焚く新盆の家　奈　場
17ナウ　雑　「詩は荒地」酔へば孤高の卓を打ち　奈　自
18　雑　自分史書くのが終の夢なり　順　自
19　晩春　生命得し小さき老母の背に花　良　他
20　晩春　イースターパレードマーチ高らか　奈　場

平成五年三月二十九日　首尾　於　鎌倉別邸ソサエティ

連衆　鈴木美奈子
柴本　良美
高野　順子

が大打越の5句目に来るので時分に障る。

4　チャイムの音に耳たてる猫
　2句で音が出ていること、また、6句の香水を片仮名にしたので訂正。

5　都庁舎の窓なほ点り夏の月
　15句の月が下についているので、ここは上に。

6　夜間飛行の香水たっぷり
　夜間飛行はいいフレーズなので惜しかったけれど、夜長前略後略が傑作なので、ここは割愛。

7　お目当てをマリリンウォークで釣りあげて
　何を眠っていたのじゃ。マリリンじゃないモンローじゃないのッ。

11　ゴルフにもファーコートにも目がなくて
　目がダメ。7句で使ったので。それと、すくねえ—増え—なくて—とエ音が続いたので。

12　鎌倉ソサエティ捧ぐカトレア
　これだと、男性の行動と取れるので、13句との繋がりが弱くなるので訂正。

14　花野につらき恋をかくして

花が打越句のカトレアにさわるので、ダメ。
なんと言っても、傑作のフレーズが出た！　この一巻の最高のおかしみ。

15　蜉蝣のながるる夕や白き月

川のように、と力説していらしたようなので。

16　爺の新盆迎へ火を焚く

14句が面白おかしく、次がきれいな叙景句なので、ジイサンはやめて、同様にきれいな叙景句に。

17　「詩は荒地」酒の肴に四十年

19句に、生命得しをいかそうと思うと、17・18・19がやや同工異曲になるので割愛。

18　自分史を打つワープロの音

ワープロを落とすのは惜しかったけど、音が前にあり、打ちもダメで訂正。

19　患者らが楽しみ見入る花便り　あるいは
生命得し企業戦士の背中に花

患者は、前に傷養生があるのと、企業戦士は、17句の孤高のオジサンと似てしまう。生きかえった老母に花を持たせましょう。背だけでせな、と読みます。

20　色とりどりにのぼる風船

音楽がなかったので明るいマーチに。

連句は、校合もとても大切で、式目に照らして一直というのをやります。初作品なので、義姉の桃径庵先生のご意見を聞いてみたいと思い、ＦＡＸを入れてみますので、お楽しみに！

四月七日　鈴木美奈子

柴本良美　様
高野順子　様

追　伸

現代文明はあな恐ろし！　投函をサボっている間にもう電話にて、ご講評あり。

全体として、とてもいい出来とのお褒めのお言葉で、若干の字句の訂正のみでした。

発句いい出来で、表4句はゆるゆるとよし、次の5句目の月、ガラっと転じて現代的で素晴らしいとのこと。香水は無理しなくても、ポワゾンで香水と分かるので省略でよいそうです。（苦労したのにねエー）

8句と10句、やはりエ音の打越しがダメで、訂正。このウラの6句全体、非常に躍動的で、オカシミも充分とのこと。（アタシ好みよね、と俗の代表格の宗匠らしいお言葉！）名残の表、13句から17句まで、ほんとに素晴らしいとのこと。特に14―15―16の渡りがとてもいいとほめられました。

17句、ウンウン、面影付けだよねエ―ご明察です。

19句、生命得し、はちょっと無理な言葉使いじゃないか、とのこと。

次回の注意としては、恋の句が前段・後段ともに洒落た中年の恋になっているので、少し変化をつけること、ウ、ナオともに、2句目から恋になっているのを、注意するように、とのことでした。

とにかく、かなり3人とも水準が高い、若い（句がですよ）、女盛りよねッと、元気づけられてしまいました。

また、どこかへ、3人で出かける機会をつくりましょう！　お元気で！

（定稿）

二十韻『雁行きぬ』の巻

鈴木美奈子　捌

幻の和賀江の船や雁行きぬ　美奈子
　波音のどかに松露掘る人　良美
はしゃぎ来る子等に菜飯を取り分けて　順子
　膝を揃へて叱言聞く猫　奈
ウ
月涼し都庁舎の窓のなほ点り　良
　たっぷり染ませるオードポワゾン　順
お目当てをモンローウォークで釣り上げし　奈
　三億五億すくねえすくねえ　良
薬湯で映画監督傷養生　順
　水にこだわるＣＭの増す　奈
ナオ
ブランド狂ファーコートにもゴルフにも　良
　鎌倉ソサエティ胸にカトレア　順
不惑よと年よと言ひつ今日も逢ひ　奈
　夜長前略後略の恋　良
蜉蝣のながれ川なす白き月　順
　迎へ火を焚く新盆の家　奈
ナウ
「詩は荒地」酔へば孤高の卓を打ち　奈
　自分史書くのが終の夢なり　順
生命《は》愛し小さき老母の背に花　良
　イースターパレードマーチ高らか　奈

平成五年三月二十九日　首尾　於　鎌倉別邸ソサエティ

さよなら歌舞伎～忠臣蔵外伝

『松浦の太鼓』

～その夜の俳諧師・其角の消息文～

歌舞伎座のさよなら公演は昨年から16ケ月にわたって続き、この4月公演をもって終了、3年間の休業に入る。

このさよなら公演の1月の演目に、『仮名手本忠臣蔵』の外伝あるいは義士銘々伝の『松浦の太鼓』が掛かった。江戸の俳諧師・其角と大高源吾（俳号は子葉）との両国橋での有名な句のやり取りのある芝居である。この筋書きは……

赤穂浪士討入りの前日、煤竹売りに身をやつした大高源吾は、俳句の師・宝井其角と両国橋の上でぱったり出会う。～年の瀬や水の流れと人の身は～　と其角が言うと、～明日待たるるその宝船～　と付けをして源吾は雪の中に去ってゆく。

一方、源吾の妹お縫は吉良上野の隣に住む松浦鎮信の屋敷へ腰元として上っていたが、松浦侯はいつまで経っても大石が吉良を討たないのでムシャクシャしている。更に、其角が源吾を不憫に思って侯から拝領した紋服を譲ってしまったことを聞いて立腹のあまり、其角にもお縫にも出て行けとわめく。そこへ其角が前夜の源吾の付句はこれこれと口ずさむ。侯はその句に興味を持って、「明日待たるる、うう、宗匠よ、その明日とは今日のことではないか」というそばから、ドン　ドンドンドン、一打ち三流れの山鹿流の陣太鼓が響いてくる。大石とは山鹿流の同門であった侯はその数を指折って数えて破顔一笑。其角に自分の不明を詫びるのである。

次の場は吉良邸に加勢に行こうと張り切る侯の前に

凛々しい火事装束に身を固めた源吾が登場。其角に昨日の礼を述べ、討入りの一部始終を語り、見事、仇の上野介の首を討ち本懐を遂げたことを告げる。其角が源吾に辞世の句があろう？　と問うと、源吾は槍の先につけていた短冊をとり、松浦侯に差し出す。

山をぬく刀も折れて松の雪

（幕）

吉右衛門の侯、歌六の其角、芝雀のお縫、梅玉の源吾。吉右衛門の侯は風格と茶目っ気とが相まって楽しいし、其角は洒落たやりとりのなかにも反骨精神が感じられてちょっと嬉しい…。

実際、討入りの前夜に、其角は吉良邸のとなりに住んでいた旗本・土屋主税邸で開かれた句会に服部嵐雪、杉山杉風ら芭蕉門下の俳人と列席していた。その俳諧連句も残されていて、

橋一つ遠き在所や雪景色　　主税
もつ手畫（はじか）む酒の大樽　　其角

酒豪であった其角らしい脇が付いている。

俳諧満尾後、この土屋邸の忘年会で雪景色を賞美し、振舞酒にご機嫌の其角はおそらく宿直の侍と相宿し、討入りの現場に遭遇した。その模様を、小田原の俳友「文隣」に送った消息文なる古文書が残っている。

但しこれが本物かどうか、怪しいと言われる代物だけれども、小山観翁さんが書かれた文章『実見談・義士の討入り〜宝井其角の書状より〜』からさわりの部分を引用してみると…

「我々は浅野家流人堀部弥兵衛、大高源吾、今宵御隣家吉良上野介屋敷へ押寄せ亡君年来の遺恨を果たさんがため大石内蔵介（介＝助　原文のまま）初め四拾七人門前にイ（たたづみ）只今吉良氏を亡し申す可く儀、隣家の好み武士の萬一御加勢もって末代の御不覚と存じ奉り候。願はくは門戸を厳敷（きびしく）、御防火のみ御用心下さらばいと忝く存じ奉り候」

と言うや立ち去った二人のうちの一人が大高源吾にびっくりした其角が門外に出てみて、

「各（おのおの）吉良家に忍び入りし様子…」

と書き残している。

「其角爰（ここ）にあり生涯の名残見ん迚（とて）門前に立出…

我　と思へばかろし笠の上

と高々と呼ばはり門戸を閉て内を守り塀越しに提灯を燈し始終を伺ふに…」

ここから、隣家の土屋邸から塀ぎりぎりに高張提灯を立て並べ、吉良邸を明るく照らして協力したことがわかるのである。

「其の哀しさ骨に流れ入り女の呼声わらべの声、風飄々と吹きそふて暁天に至りて本懐既に達したり迚、大石主税大高源吾どの穏便に謝儀を述る事天晴武士の誉といふべき歟（か）

日の恩や　たちまち砕く　厚氷

と申捨たる源吾が精神、未（いまだ）眼前に忘れがたく貴公（文隣）年来の御昵懇（じっこん）ゆへ具（つぶさ）に認めまいらせ候…」そして

月雪の　中やいのちの　捨所

の一句をもってこの消息文を結んでいる。

さてこの消息文にあって、後世に名高くかつその解釈に薀蓄の多い二つの句の由来について、観翁さんはこう書いている。まず一つめの、

我　と思へばかろし笠の上

この句は季がないというので、「わがものと思へばかろし笠の雪」「わが雪と思へばかろし笠の上」と二様に伝承されたが、そのオリジナルは、どうやら雪を詠んだのではなく、高々と吉良の首を槍先にかかげる意で、祝福の句であったらしい、というのである。二つめは、

日の恩や　たちまち砕く　厚氷

これも隣家の大名屋敷が、沈黙を守りその上、真昼のように照明までしてくれた、これは幕府に対する遠慮の

なかでギリギリの判断、厚意の表れで、このおかげで、吉良邸での大立ち回りに燭台を倒して火事をおこす心配がなかった、だから、

「日（灯）の恩や…」

だったのではないか、というわけである。

堀部弥兵衛（長老）と大高源吾（有名人）に挨拶回りをさせたことが、大志成就の鍵であった。

芝居とはいえ、山鹿流の太鼓は実際に鳴った筈はないのだが、事実から芝居という虚構への発想に民衆の願望が組み込まれ、芸の世界の豊かさが磨かれる、素晴らしいことだ。

偽物ではないことが確かなのは、其角「五元集」に載る、浪士の死後の初七日に詠んだ一句である。

「故赤穂城主浅野少府監長矩之奮臣大石蔵之助等四十六人、同志異体、報亡君之讐、今茲二月四日、官裁下令一時伏刃斎屍。

万世のさえづり、黄舌をひるがへし、肺肝をつらぬく。

うぐひすに此芥子酢はなみだ哉

富森春帆・大高子葉・神崎竹平・これらが名は焦尾琴にも残り聞えける也」

其角の難解句と言われるこの一句については、半藤一利が『其角俳句と江戸の春』（平凡社）のなかで、この句の出所を発見、と紹介している。

かの両国橋の煤竹売りの大高源吾が「卯月の筍、葉月の松茸、豆腐は四季の雪なりと、都心の物自慢に、了我さへ精進物の立がたになれば、東湖、仙水等とうなづきあひて」と前書しての一句、

初鰹江戸のからしは四季の汁

其角はこの句をしみじみ思い出しながら、「此の芥子酢はなみだ哉」と俳友子葉を偲んだのであろうと…。

浪士の追善供養はおろか墓参りも幕府によって禁止されていたこの時、其角のこの颯爽ぶりは胸のすく思いがする。

（平成二十二年・五月）

若き日の吉本隆明

――連句人の立場から――

戦後派とかアプレゲールなどという言葉が死語になった現在、「戦後詩」だけが健在という状況は、吉本隆明という巨人の存在ぬきには語れない。いや、巨人などと言われること自体を拒否する、詩を書きはじめた十六歳の初々しい抒情の論理を片時も手放さない、その常なる未完結、それ故に同時代的である詩人・吉本隆明。この異端にして単独の「試行」の詩人に、書店の隆明コーナーは、昨今ブームのようである。現代という不安を孕んだ閉塞の時代状況の反映であろうか。

なかでも、『現代詩手帖』10月号特集「吉本隆明とはなにか」に載った、三浦雅士・瀬尾育生・高橋源一郎三氏による座談会、〝「豊かさ」の重層性〟は読み応えがある。

◇吉本隆明は中原中也にもなり得た？

吉本の詩の白眉をなす作品といえば通常、「固有時との対話」と「転位のための十篇」があげられるのだが、座談会のなかで、三浦雅士氏は「初期詩篇」特に「日時計篇」が圧倒的によいと言う。資質が全開状態、つまり無意識を全面的に含んでの詩的白熱、その可能性のすべての萌芽が此処にあって、吉本のほんとうの面白さはこの中原中也的なところにあるというのである。

三浦が好きな詩としてあげるのはこの詩。

時間のかげを
青い冷たい帽を被いで
おそれとやけとを唄って
どこまで行かうといふのか

いちまいの貼紙のやうな虚空に
がらんと暗い風がおこると
青い帽の庇が
おれの憂愁をかげらせる

X軸の方向から
さびしいふるへを担いでくるのは
もう独り
青い帽子のみしらぬおれだ
（「初期詩篇Ⅳ」青い帽子の詩　1949～1950）

ここでの「時間のかげ」「貼紙のやうな虚空」「暗い風」「X軸の方向」などのキーワードはそのまま、「固有時との対話」への接続を思わせるが、メランコリックな自己嫌悪を覗かせている。
三浦は、「日時計篇」という豊饒な詩人的なものからすごい勢いで革命家・吉本隆明に移行していき「固有時との対話」へ、そこから更に「転位のための十篇」を出したけれども、そのときに大きな間違いをおかしたのかもしれない、と言う。エッセンスとして抽出した詩集でなく、その残余の方こそ豊かだった、と。

◇詩の方法自体が意図的選択＝「固有時との対話」

これに対し瀬尾と高橋は、「日時計篇」を単なる感受性でなく、詩の論理、詩を書くための論理を見つけていく過程だったとし、自分を書き続けられる状態にしておくために必要な空間だったと言う。

冷たいいこひの日から
わたしはいつぱいの夢をこしらへた
時間は固有にながれ

特異の方向にむいていった
それから運命は萌えてゆくやうだった
（「初期詩篇Ⅰ」かなしきいこひに　1947・10）

磯田光一は、〝固有にながれる時間とは戦後社会にありながら、それに和合できない内面を流れる時間である。その時間のなかには悲しみが秘められている〟と言う。

　日時計といい、固有時といい、極めて象徴的である。実際、組合活動で会社を追われ、失業状態のようなこの時期に、この場所と時間のなかで自分をどうとらえ、どう表出していくかを必死に模索していたことであろう。日々の生活のなかで、現実社会に拮抗した孤独な魂が呼び出す時、「固有時」とは文字通り、この時間を指していると思う。こういう時間を毎日の厳しい労働のなかに設定し、そこで自らと対話していたのだと思う。まるで、それは日時計みたいに…。

　わたしはほんたうは怖ろしかったのだ　世界のどこかにわたしを拒絶する風景が在るのではないか　わたしの拒絶する風景があるやうに……といふことが　そうして様々な精神の段階に生存してゐる者が決して自らの孤立をひとに解らせようとしないことが如何にも異様に感じられた　わたしは昔ながらのしかもわたしだけに見知られた時間のなかを　この季節にたどりついてゐた
（「固有時との対話」1952）

瀬尾も高橋も、「日時計篇」は未公開のまま、「固有時との対話」と「転位のための十篇」が、詩集として発表された意味は大きいという。そこに、自分の資質に対する方法を掴みとったのであり、吉本の詩の原質は、三浦の言うような初期詩篇の柔らかい抒情にではなく、それ以前の「或るもの」、詩というものの本質的な、ある「荒々しいもの」にあるのだ、という。

　吉本の詩論「詩とは何か」で彼は書いている。〝詩とはなにか。それは、現実の社会で口に出せば全世界を凍らせるかもしれないほんとのことを、かくという行為で口に出すことである〟と。

萩原朔太郎にならって、詩第一というのは、「詩と批評」とか「詩と思想」という振り分けは意味ないということであろう。

詩とは一切を包含する、ゆえにもっとも苛酷な、もっとも傷つきやすい場所に、詩は成立してくるのである。

吉本の詩は「感じること」自体になにか傷を負った痛ましいものがあって、苛烈なフレーズが飛び交うけれども、アジテーションとは少しちがう。六十年当時の学生や労働者にもっともアピールした詩。

ぼくの孤独はほとんど極限《リミット》に耐えられる
ぼくの肉体はほとんど苛酷に耐えられる
ぼくがたふれたらひとつの直接性がたふれる
もたれあふことをきらった反抗がたふれる
…
だから　ちひさなやさしい群よ
みんなのひとつひとつの貌よ
さやうなら

（「転位のための十篇」ちひさな群への挨拶　１９５２）

この悲痛な断絶の詩は、思想詩としてよりもむしろ抒情詩として愛唱されていたように感じている。たしかに行く先のない片道切符しか持っていないような危うさなのだが、世界を転回させる強靭な力をも感じさせてしまうのである。

ここに吉本の詩の厚み、重層性があるのであろう。

◇知られない大衆へのシンセリティ

一九七八年に吉本は『戦後詩史論』を刊行。この三章「修辞的な現在」が当時、かなりの波紋を呼んだ。当時の詩に対する彼の疑問が率直に提出されている。

> いまから二三十年ほど前には詩の言葉はじかに、現実を引掻いている感覚に支えられていた。言葉は現実そのものを傷つけ、現実そのものから傷を負うことが実感として信じられたほどであった。現在では詩の言葉は言葉の〈意味〉を引掻いたり

傷つけたり変形させたりしているだけだ。

（『戦後詩史論』「修辞的な現在」）

彼が、戦後詩史論でおしなべてつまらないと戦後詩を断罪した最後に、こんな詩を紹介している。

母

どなれ　うそぶけ　ののしれ
おれは　おれの舟を用意する
おれはあなたのために死ぬのはいやだ
いやだ
おれの尊い若さをすりへらすのはいやだ
方舟
しかし　おれは去れない
…あなたを置いていくなんて出来ない

（鈴木喜緑「死の一章をふくむ愛のほめ歌」）

この詩のどこが重要なのか。ここには思想的な意味の流れがあり、下層における母と子の現実があり、日本の底辺にいてそれを主体的にうけとめている若い世代の場所があるということである。

この詩はまた、吉本の「日時計篇」にある、とてもプリミティブな詩を思い出させる。

知られないものはみんな美しい
知られない民衆のなかに素晴らしく醇化された叡智がある
その叡智に聴くことはたのしい
たとえばわたしの傍にあるものは
三枚の絵を選択することよりも三軒の八百屋を選択する眼を持っている
厚ぼったい瞼におほわれた汚れた眼が視るのである
歳月がその眼のうへに累積してゐる
それを知ったときは愉しい

（「日時計篇」わたしの傍にあるものに）

この詩の最後は「だがみんなはやっぱりわたしを信ずる
わたしのなかにあるみんなを信ずる」で終わる。

鮎川信夫は、この詩にあるものは「知られない大衆への憐れみ」自己の全身全霊を大衆にあずけて悔いないあわれみであるという。清岡卓行は永久大衆のパトスと言う。このような詩がもう現実離れしていることは知りつくした上で、ここに自己の原点があることを隠そうとはしない。

◇現代詩の「喩」で書かれた『記号の森の伝説歌』

「修辞的現在」であれほど〈詩の意味〉にこだわり、表現の本質に関わるものとして追求されていたのだが、時代は〈意味〉の乖離こそをもたらしてきた。

『戦後詩史論』によれば、大岡信、谷川俊太郎、飯島耕一らの登場ではじめて、戦争の痕跡をもたない詩人、いわゆる現代詩の時代になってくる。現代詩とは「喩」でできた詩を指すが、戦後詩的「喩」は「感受性なしの喩」へと変わってきたのである。

ずっと太古に
視えない空のみちを
鳥と幻だけがとおれた
幻はすばやく　鳥はおそかったので
鳥は足なえてあえいだ

ひとつの比喩ができあがるまで
鳥はその位置で停ってなければならない
変幻するあいだ
羽搏きも失墜もゆるされない
巣を出なかった女の幻と
巣を捨てちまった男の幻よ

舟の形が産みおとされる
恋はこえる
愛もこえる
妄執はただ走るだけ

（『記号の森の伝説歌』第一歌・舟歌　1986）

十年以上も前であろうか。新しい吉本隆明の詩集『記号の森の伝説歌』を手にした時の戸惑い、「コレハ何ダ、吉本の詩精神は崩壊してしまったのか」と愕然としたものだった。しかも、思潮社版のカチッとした簡素な装丁と違って、角川書店版の装丁は、中揃えというのか波のようにうねる活字、余白には信貴山縁起絵巻の雲の模写が入り、なんとも妙な感じがしたものだった。

十年間、本棚に眠っていたのを今回引っ張り出して読んでみると、それほど驚くほどに完成度の高い詩だった。おそらく現代詩として最先端である。第七までの歌のうち、私には第一の舟歌と第六の比喩歌が優れていいように思われた。座談会の三氏曰く、「吉本さんは思っていたよりずっと詩人なんだな」。

ポストモダンにおける詩を真正面からやる、と宣言し、「若い詩人たちが喩の意味を変えた」というふうに言った、その喩を使って書かれた詩である。書いてみせたというべきか。

初出（雑誌「野性時代」　1975）のときは「幻と鳥」と題されていたという、「舟歌」を読んだとき思い出されたのは、古事記にある古代歌謡。

海処行けば　腰なづむ
大河原の　植ゑ草
海処いさよふ

ヤマトタケルが死んで白鳥になり、大空高く飛び去って行くのを妃や皇子が追っていく……。何か波動に類似性があるように思われるのである。鳥と幻、舟、水と魚……どの章句からも立ちのぼってくる言葉のエロス、その底には必ず「母」が潜んでいる。

まだ読んではいないが、この間の吉本の評論『初期歌謡論』や『母型論』は『記号の森の伝説歌』とおそらく対になっているのであろう。

かつて、「日時計篇」で言葉の肉体に触れてから四十年を経て再び、言葉自体の励起する豊かさに身を委ねているような、そんな詩のつくりになっている。

吉本自身が対談のなかで、この詩のモチーフを〝言葉から抜けようとする方向と、あるいは言葉から入っていこうとする方向との両方が言えるのかもしれませんが、それで一種の現実的な意味での物象詩と言うか、あるいは比喩的な意味での物象詩と言うか、そういうのをつくろうとした〟と述べている。

　この詩をどう評価するかは、詩というものをどう考えるかで異なるであろう。ただ私にはこの詩から「燃える主体」が感じられない。吉本隆明を「吉本隆明」として成立させたあの強靭な自己（コギト）が感じられない。物象詩という洒落た（枯れた）抜け殻といっては言い過ぎであろうか。

　かつて「奴隷の韻律を歌うな」などと叫んでいた私も、いま連句の座に連なりながら、定型詩にも自由律にも素晴しさ、美しさを発見できる年齢に達してきた。今も手帖に挟んでいる紙片、吉本の初期の短歌である。

　あぢさゐの花のひとつら手にとりて
　　越の立山われゆかんとす

　手をとりて告げたきこともありにしを
　　山河も人もわかれてきたり

ここには、吉本の若き日の清冽な抒情が息づいている。

（平成十六年・冬）

エピローグ

清酔多言の酒神礼讃

西欧の酒神と言えばバッカスだが、逆のぼってギリシャ神話のディオニュソスという呼称のほうがいい。彼は酒（と言っても葡萄酒だけれど）の神であると同時に芸術の神様でもある。

激情的で、動的で、本能的な創作衝動を司る神、つまりは、あまり合理的理性的な神様ではないらしい。この点、素朴な調和を代表するアポロンとは対照的だ。

もっともディオニュソス的芸術は音楽であり、これから発展して演劇が、あのギリシャの悲劇・喜劇も彼なしには始まらない。

面白いことに、このわれらが酒神はゼウスの息子でありながら、アポロンやヘルメスやポセイドンなど、ゼウス一家の十二神の一員に入れられないことが多い。彼は場違いの、素性のあまり確かでない、いかがわしい存在だったようだ。

これは、生母セメレーがゼウスの妻のヘラの嫉妬に触れたこともあるが、ディオニュソス信仰やその祭祀が秘儀として、秩序を重んじ、伝統を維持しようとする保守的な統治者にとって、ひとかたならぬ危険を感じさせるものだったこともあるらしい。

この古代の祭儀のなかに、詩の発生の秘密があったことは、どの民族にも共通のようだが、呪文のような韻律の『うた』だったのだろうか。社会的な疎外のなかった時代、豊穣を祝い、成年を祝い、酒を酌み交わし、歌い踊り問答歌にはやしを入れたり…まさにディオニュソス的状況であったろう。

七五調や五七調が脈々と今なお生きていることに、こうした古代の自由な人間的な真実があったことを思うと、実に楽しい。

連句を巻くことは、ディオニュソスの神と共感し、非日常の時を共有することであろうか。ならば、老クロノスよ、しばし目をつむっていて欲しい。

あとがき

「魚すいすい連句を泳ぐ」…七・七の律のこのタイトルには、俳句にはない連句の付合の楽しさがあると思います。

昭和六十二年に連句をはじめてはや四半世紀になりますが、「座」に連なる連衆の相呼応する付合の盛上りとリズムにはいつも心をうばわれます。心身ともに活性化させられてじつに楽しいのです。連句は、「挨拶・即興・諧謔」がキーと言われますが、その「場」＝「座」のダイナミズムに身をゆだねる感じ、流れに乗っていく感じが素晴らしいのです。

この楽しさだけで充分と思っていましたが、この度、母校である白鷗高校時代のクラスメイトの日野さん、阿見さんのお勧めで、平成十年以降の各種大会での受賞作品や「れぎおん」誌や「解纜」誌などに載った連句作品とエッセイを一冊にまとめて上梓するはこびとなりました。

まとめてみたものを改めてみると、この十有余年の間の、バルカン紛争に端を発し九・一一の衝撃そしてアフガン・イラクへの侵攻から「フクシマ」原発まで、私たちがかかわった世界への思いが連句と留書のなかに映し出されていると思います。同時に、三百年忌を機に再興された「其角座」や十三世紀に生まれた無縁の衆の笠着連句などの伝統も現在に引き継がれていることが分かっていただけたのではないでしょうか。

振り返ってみると、私に連句への興味を呼び起こさせてくれたのは義姉・故式田和子でした。そして直接にご指導いただいたのが猫蓑会主宰の故東明雅先生はじめ数えきれないほどの連句先達の諸先生・諸先輩です。この方たちからの温かいご指導と励ましをいただき、本当に幸運に恵まれてきました。

迷ったり考えこんだりしながらつたない言葉を紡いできたその積み重ねが、今回のささやかな本に凝縮していると思います。

あの三・一一以後の混沌とした今の日本の社会のなかで、古来から伝統文芸として言葉を介した遊びであった連句、和の文芸「座の文学」と言われる連句が、さまざまな形態での人の集まり・共同体を生み出す力になっていけるならば素晴らしいことだと思います。

伝統文芸の底力をベースに、ポスト・モダンの文芸と期待される連句は、のびやかな個性と確固とした共生の意志をもって、現代連句の展望を切り拓いていかねばならないでしょう。そしてこの新しい風のありようを探求していくことは、これからの私自身の辛くも楽しい仕事となっていくことでしょう。

最後にこの本の上梓にあたり、ご協力いただいた皆々様に心より感謝申し上げます。

平成二十四年一月　冬小春のすみだ河畔にて

鈴木美奈子

著者　鈴木美奈子（すずき　みなこ）
お茶の水女子大学文教育学部史学科卒（西洋史専攻）
連句結社　猫蓑会同人・解纜の会同人
連句誌　「れぎおん」同人
連句作品は国民文化祭ほか各種全国連句大会での受賞歴多数。

NDC911
鈴木美奈子
鎌倉　銀の鈴社　2012
168 P（魚すいすい連句を泳ぐ）

銀鈴叢書　定価　1,200円＋税

魚すいすい連句を泳ぐ

2012年2月18日発行
定価：本体価格1,200円＋税

発行者　柴崎　聡・西野真由美
発　行（株）銀の鈴社
川端康成学会事務局（日本学術会議登録団体）
〒248-0005　鎌倉市雪ノ下3-8-33
Tel：0467-61-1930　Fax：0467-61-1931
URL　http://www.ginsuzu.com　E-mail　info@ginsuzu.com
印刷　電算印刷
製本　クータ・バインディング　渋谷文泉閣
〈落丁・乱丁本はお取り替えいたします〉

ISBN4-87786-379-1　0092　¥1200E